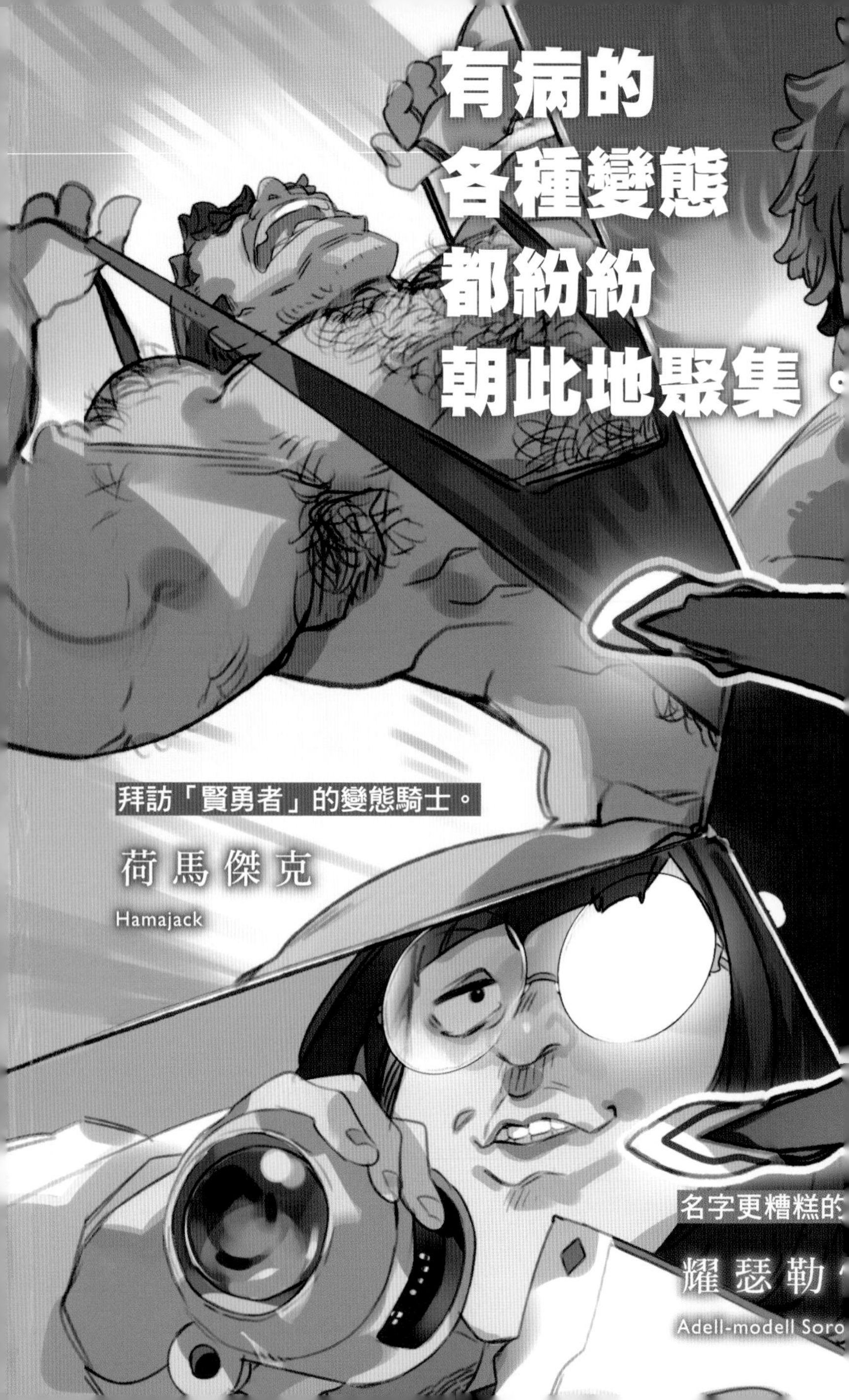
有病的
各種變態
都紛紛
朝此地聚集。
拜訪「賢勇者」的變態騎士。
荷馬傑克
Hamajack
名字更糟糕的
耀瑟勒
Adell-modell Soro

賢勇者艾達飛基・齊萊夫的啟博教覽

～愛徒沙優娜的心癢癢冒險樂園～

Great Quest For The Brave-Genius Sikorski Zeelife

有象利路

Illustration かれい

THAT WAS THE ORIGIN OF
ALL TRAGEDY.

Kadokawa Fantastic Novels

第一話◎救水與徒弟

鮮有人曉得，越過號稱迷宮最難關的「慾望樹海」後，盡頭就是整片遼闊恬靜的草原。若帶著半吊子的覺悟闖關，就連老練的冒險者也無法從此等魔境生還。跋涉的路途，正如同一場賭上生命的挑戰。

既然如此，會知道那片草原上孤零零地蓋著一棟房子的人，究竟有多少呢——

「就是這裡吧。」

相貌莊嚴，身披重甲的騎士。其歲數已過壯年，作為騎士的全盛時期早就終結。然而，男子毫髮無傷地來到了此地，光憑這項事實，他具有的實力不論如何都能受到肯定。

騎士低聲嘟噥，並且挨向眼前那扇門，伸手握緊啄木鳥造型的門環敲了幾聲。於是——

「來了，請問是哪位？」

門微微打開，有個嬌小的少女站在那裡。雙方個頭有差距，因此少女仰望似的注視著來訪之人。琉璃色長髮在灑落的陽光照耀下，反射出虹彩般的色澤。儘管臉孔尚顯稚氣，自己若有女兒應該就是這年紀吧——單身未娶的騎士於內心如此嘀咕。

Great Quest For The Brave-Genius Sikorski Zeelife

無論如何，讓容貌娟秀的美少女出迎，沒有男人會覺得受到冒犯。騎士咳了一聲清嗓，然後單膝跪地，直接向她垂首。宛如對主盡忠的那副身段，使得少女倉皇地將門完全打開。

「荷某乃來自『察臼．奇程國』的騎士，名叫『荷馬傑克』。聽聞夙負盛名的**賢勇者**『艾達飛基．齊萊夫』大人隱居於此處，雖知無禮仍貿然前來拜訪。望能拜會大人一面，務請引見。」

「你不用這麼客氣！可以喔，反正老師很閒！請進、請進！這邊請！」

少女語氣輕鬆地招手，要騎士進屋子裡。她八成是侍女或什麼人吧。騎士荷馬傑克原本聽說賢勇者獨居隱世，儘管心裡多少抱持著疑問，還是順從她的引導。

屋裡並不算寬廣，其雅緻程度卻難以從外觀揣摩。大概是設想到隨時會有客人來，因此打掃得無微不至。只是，若想成賢勇者的居所，感覺就頗為平凡；不過騎士不敢說出口。

「請坐在這裡等候。我立刻去叫老師！」

「不勝感激。」

「哪裡、哪裡，請你別介意。」

少女和氣地微笑，騎士也跟著回以笑容。之後少女便調轉腳步，趕忙去叫屋主了。

騎士被帶去的房間，似乎是可以稱作會客室的地方。皮革椅子隔著木紋矮几，面對面地各擺了兩張。對開的窗戶前則有花瓶，還插著花朵增添色彩。其他並沒有什麼特別顯眼的物品，房裡卻讓人感到莫名自在。

「老師，你等一下啦啊啊啊啊啊！」

疑似發自剛才那名少女的嗓音，突然如尖叫般地響起。緊接著兩人份的腳步聲朝這間房匆匆接近。

隨後，房門被人打開——

「久等了，我就是艾達飛基。」

——身上一絲不掛的青年，帶著爽朗的笑容現身。

「老師，你為什麼都不穿衣服！之前不是拜託過你，別光著身子晃來晃去嗎！」

「還有，她是我的徒弟沙優娜。」

「啊，多謝老師介紹……不對啦！別在這種情況下隨口介紹我！」

「這種場合最要緊的就是掌握良機。」

「可是老師根本什麼都沒有掌握到啊……！」

人稱賢勇者的那名青年一笑置之，即使被徒弟責怪也毫不介意。

賢勇者的銀色長髮垂腰綁成一束。或許是髮質保養不周的關係，到處都有分岔的髮絲翹起，不過端正的臉孔抵消了那些小缺陷。儘管他的相貌不太會被世人所提及，但只要打扮合宜——肯好好穿衣服的話——想必就有相當的手采。由於狀況如此，艾達飛基毫無保留地展露了他的體格，過著隱居生活卻有一副結實的身材，個頭與手腳都顯得修長。這部分大概歸功於「勇」的血脈吧，騎士自顧自地對此信服。

然而，以待客之道來講簡直荒唐，甚至到了離奇古怪的地步。面對賢勇者的無禮，臉色嚴肅的騎士緩緩從椅子起身，並且瞪了過來。

「老師你看！客人也生氣了喔！請你趕快道歉，把衣服穿上去！」

「哎，別那麼說。沙優娜，就當作這是我們的規矩，妳也把衣服脫了如何？」

「老師居然用不合常理的方式催我脫衣服！」

「…………」

騎士把手伸向腰際的佩劍。徒弟沙優娜怕對方會因為禮節問題而拔劍相向，騎士卻默默卸下那柄劍擱到地板上。由於其神色正經無比，他或許是打算默默用鐵拳制裁為人師表還一副嘻皮笑臉的艾達飛基。（沙優娜希望他務必要那麼做。）

騎士低聲嘟噥了幾句，賢勇者與他的徒弟便感受到些許的魔力波動。

「咦……？」

緊接著，房裡響起乒乒乓乓的低沉聲響。原本騎士穿戴在身上、顯得威武英挺的那套漆黑重甲，開始像脫皮一樣地分解掉落——

「賢勇者大人，看來您亦屬同道中人。」

——幾秒鐘以後，有個體毛濃密的全裸大叔就交抱雙臂佇立在那裡。

「呀啊啊啊啊啊啊啊啊啊啊啊啊啊啊啊啊啊啊啊啊！」

「哈哈哈，看來這也合乎對方的規矩呢。」

此處位於魔境的盡頭，是賢勇者的居所。

懂門道的人都曉得，這裡是一塊有智無恥的輝煌寶地。

不知從何時開始，據說有人就管這棟房子叫——變態集聚所。

*

「初次見面，請容我重新問候。我就是賢勇者『艾達飛基．齊萊夫』。這位客人似乎從遠方而來。要闖關應該挺不容易的吧？敝舍前面的樹海。」

「唉，強大的魔物滿坑滿谷，這座迷宮稱之為魔境正可謂實至名歸。其凶險程度即使憑荷某的身手，仍陷入了好幾次危機。」

「我跟騎士先生同樣是初次見面……你好，我是老師所收的徒弟，名字叫做『沙優

娜』。呃，那個……」

「怎麼了？」

「……請你們少看我這邊……」

兩名男子隔著矮几談笑，氣氛和樂。一邊是屢經激戰的老練騎士，另一邊則是舉世聞名的賢勇者。在這樣的空間不免會讓人畏縮，而當徒弟的低垂著臉是基於其他因素。

畢竟再怎麼說，這兩個變態都沒有穿衣服。

無論看前面或者看旁邊，都只有裸男。不堪入目的鳥狀況。

「哈哈，我在此致歉。幸得賢勇者艾達飛基大人誠心相迎，荷某甚為感激，才會回以相同禮數。所謂入境隨俗，指的正是這麼回事。」

「這裡才沒有那種習俗！你隨的俗是低俗的俗吧！」

「跟客人爭辯的行為並不可取，沙優娜。入境隨俗——這何嘗不是一句好話？趁這個機會，妳要不要跟著隨俗？」

「所以老師為什麼從剛才開始就一直想拐我脫衣服！」

「甭擔心，沙優娜小姐。荷某對小姑娘硬不起來。」

「我可沒有擔那種心！」

「哈哈，我在此致歉。」

（這、這人是在知欠個什麼勁啊……！）

沙優娜帶著苦瓜臉，對騎士投以鄙夷的眼神。在她第一印象裡既正經又嚴厲，那位騎士中的騎士——早已淪為被抹消的幻想。不如說，脫盔卸甲後，連佩劍都甩到一邊的大叔，根本就不夠格稱為騎士。只是個變態罷了。

於是知欠……更正，於是荷馬傑克清了清嗓，再次鄭重開口道：

「荷某來到這裡，是有一事想找賢勇者大人商量。這個煩惱從無對象可以吐訴，荷某心想，若能勞煩賢勇者大人或許就可以迎刃而解，才會親赴此地。」

「這樣啊。哎，我的能力固然有限——即使如此，有客人專程來訪，我也不會絕情到逼對方直接掉頭回去。好吧，有任何煩惱我都願意恭聽。但我會跟你收取相應的報酬。」

「這我明白。事情說來略長，希望賢勇者大人能作陪。」

（雖然說老師令人尊敬的地方，就是他絕對不會讓人吃閉門羹……）

荷馬傑克遠眺似的一邊仰望天花板，一邊緩緩道來。

「——諸位應該曉得，裸身穿戴重甲是件舒爽至極的事。」

（可是，為什麼來的人盡是些怪胎呢……？）

在用心傾聽的艾達飛基旁邊，沙優娜瞇著眼睛，一面把眼前大叔講的軼事聽得七七八八，一面於腦海做出總結。

據傳，荷馬傑克的祖國察臼．奇程國，是以騎士團強盛見稱的國家。這部分就連沙優娜也有耳聞，而這位全裸大叔聽說正是騎士團之首，堪稱騎士中的騎士。這表示沙優娜對他穿著鎧甲時所懷的印象，是分毫不差——然而沙優娜卻更加失望了。為什麼好端端的騎士會搞成這樣？她心想。

再提到騎士中的騎士，也就是大叔剛才穿戴的重甲，這似乎是察臼．奇程國目前正在研發的新型鎧甲，名叫「速卸式裝甲」。只要唱誦特定咒語，穿脫的步驟皆可一氣呵成。鎧甲厚重，無論要穿要脫都費事惱人，一勞永逸的劃時代改良手段遂因應而生。

「測試運用已經結束，速卸式鎧甲即將進入正式配發的階段，荷某便奉命在國王的面前進行實地操演。」

對於以武揚名的察臼．奇程國來說，這套鎧甲亦可在商界爭霸。該國騎士勇猛頑強，所用之武具在商業方面本就價值匪淺，何況這還是具備嶄新結構的新式鎧甲。倘若進展順利，想必能夠創造出可觀的利益。

因此於實地操演時，不僅有自國君王在場，更邀請了外邦的王公貴族及富賈豪商。正可謂賭上察臼．奇程國國運的一項計畫。

「於是乎，荷某漂亮地當眾展現了『速卸式鎧甲』的性能；不料——」

隨著鎧甲卸去，現場出現顯赫騎士一絲不掛的裸體。

連當時不在場的沙優娜都能理解，會場氣氛恐怕尷尬到不行。

比起鎧甲能瞬間脫卸這件事，脫卸完畢後，冒出了體毛濃密的大叔要震撼得多。一國的頭號騎士，在攸關國家威信的場合暴露了自身的性癖好。鎧甲有沒有用已非問題的焦點。

沙優娜光想就覺得頭痛。

「為什麼你要在鎧甲底下什麼都不穿呢……？想一想應該就會知道後果吧……」

「所謂騎士道！貴在貫徹己志而信念不屈！」

「意思是，他無法戰勝裸身披鎧的愉悅。」

「你們把話講得再帥氣也沒有用喔！」

荷某無悔；騎士如此表示。即使你不後悔，國王也會後悔吧；徒弟如此心想。

本來要判荷馬傑克死罪是綽綽有餘，念及他以往的功績和現在的地位，最後似乎只有關禁閉了事。不用說，這罰則已輕判許多。

然而國家卻名副其實地丟光了臉，難道不該用盡手段將這個變態賜死嗎——沙優娜冒出了有點偏激的念頭。

「事後國王向各界人士解釋，是荷某患了熱病，當天身體不適，病情又導致思緒失常，才有那種粗野的行為。」

「聽起來像小孩子找藉口呢。有失一國之君的風範。」

「不會啊，說這個人思緒失常，還滿符合事實的不是嗎……？」

「高層交代，近期內將再次舉辦實地操演的活動。所以，荷某想拜託賢勇者大人。」

「——就是要我幫你弄一套衣服出來對吧？而且穿了要能戰勝裸身披鎧的愉悅。」

「明人不說暗話。賢勇者大人果真厲害，一切正如您所言。」

「為什麼還要找這個人實地操演啊？換人不就行了……」

「哈哈，我在此致歉。別看荷某這樣，性子可是相當不服輸。一次的失敗無法扭曲我的意志。」

（我看你早就扭曲到了極點，沒辦法再扭曲了吧……）

「畢竟荷馬兄的名氣已經遠播他國了嘛。沙優娜，因為妳對這方面涉獵未深或許不曉得，荷馬兄穿鎧甲簡直像褐膚精靈配巨乳一樣天造地設。」

「真是高妙的比喻，荷某殷敬佩服。」

（我好想回自己房間。）

荷馬傑克聲稱，他對裸身披鎧並沒有特別執著。只不過，既然沒辦法找到能勝過裸身披鎧的快感，哪怕是在國王面前，他也不會改變那一套風格。

下次再搞砸大概就要受死了，騎士笑著說道。為什麼這個大叔還笑得出來啊？沙優娜心裡頭完全不敢領教，但或許就是身經百戰的騎士才會練就如此膽識。

「好吧。為了不讓荷馬兄受死，我來準備衣服。此外，我還會推敲款式，把荷馬兄的命根兒照顧得服服貼貼。至於要幾天工夫嘛──我想想，大約三天就夠了。」

「老師你一下子叫荷馬兒，一下子又扯到命根兒，會不會有點失禮啊……」

「哈哈，無妨。荷某年輕時，就曾經把遛鳥當遛馬，地方上到處都有我甩盪的痕跡。」

「為什麼當時國家沒有動用公權力呢？把這個人抓起來啦。」

「想必是因為他從以前就身手高強？那麼，荷馬兄。這三天期間，你有什麼打算？敝舍還有空房間，在東西完成之前，你要住下來也無妨喔。」

艾達飛基如此提議以後，沙優娜就使出全力搖頭。

「不可以，老師。請叫這個人回去。這是我畢生的請求。」

「才第一話耶，妳現在就要用掉畢生的請求嗎？」

「雖然我聽不懂老師在說些什麼，但是我要用。」

「兩位的盛情難卻──」

「我可沒說要招待你！」

「──但荷某亦屬繁忙之身。今日請容我就此告退。三天後，必將登門拜訪。」

聽到對方這麼說，沙優娜捂胸鬆了口氣。

光是她的老師艾達飛基成天赤裸裸地晃來晃去就夠那個的了，再多個大叔只會讓畫面成為人間地獄。遺憾的是，艾達飛基完全不會顧忌這方面，因此荷馬傑克肯自己回去的話，事情就再好不過了。

荷馬傑克似乎還懂得起碼的分寸，便再次將鎧甲著裝——只見全裸大叔在一瞬間為鎧甲所覆，沙優娜確實體會到了這項技術的厲害——而荷馬傑克深深行禮後，就朝著樹海走去。既然那裡出沒的魔物並不講情面，他應該是判斷赤身裸體會有危險。簡直讓人搞不懂這位騎士到底是喜歡全裸，還是喜歡用全裸的身體直接穿戴鎧甲。

「荷馬兄也一樣，儘管內心懷有莫大的扭曲，還是掙扎著想要予以貫徹。」

「老、老師怎麼突然說這些？」

「沒有，我提這個並無多深的理由。妳來到這裡已經快一個月了，差不多是該逐漸習慣的時候了。雖然說我倒也不會強迫妳要立刻適應。」

「我會努力的……不過，我好歹是年輕女生耶？希望老師至少可以體諒，毛茸茸的全裸大叔就在面前，還叫我保持平靜接待對方，根本是強人所難。」

「那我們到工坊去吧。」

「老師你都不聽人講話的嗎？」

*

艾達飛基的住處，是由獨棟的「本宅」，以及走一段路才會到的「別院」所組成。前者主要用於日常起居，後者則當成工坊，碰見這類稀奇古怪的委託時，還有艾達飛基創作慾大發時就會用到。

走著走著，艾達飛基順便就將拎著的長袍披在赤裸的身子上，總算才換成出外走動也能讓人接受的模樣。理智具知性且深思熟慮，稱作賢者也不為過的奇人——沙優娜在這一個月內學到，艾達飛基便是如此的一名人物。

「好了，我們來重新審視這次的委託吧。」

「沒想到竟然有審視起來這麼讓人抗拒的委託。」

「委託者是身經百戰的騎士，名聲響亮到連他國都知曉的荷馬兄。還有，荷馬兄沉溺於裸身披鎧的快感，成了令人哀戚的迷途之子。」

「讓他永遠迷失下去就好了嘛……」

由於第一印象良好的關係，沙優娜更是這麼認為。

基本上，艾達飛基面對他人的煩惱都非常誠心誠意。不知道是他人品本來就好，或者另有內幕，目前沙優娜無從推量。然而，無論來者有多怪，艾達飛基都不會予以否定，還肯用正向態度分擔對方的煩惱，並找出解決之道。賢勇者稱號並非浪得虛名。

「在下次實地操演的活動前，如果交不出能讓荷馬兄接納的衣服，他就得受死。縱使是面對奉為主子的國王，荷馬兄作為一名騎士，也絕不會屈服在權力之下，去欺騙自己與身體體會到的快感。這可是他賭上性命的心願。」

「意思就是『我不想死，也不想停止享受快感，拜託你想想辦法』，為什麼那個人不能乖乖跟老師這麼說呢？」

師徒之間對委託者的看法似乎有滿大一段落差。艾達飛基「呵呵」一聲發出苦笑。

「男生就是這樣。」

「那個人大概比我爸爸還年長耶！」

「哎，所以說，我從剛才就一直在思索。其實解決的方式大致有著落了。」

「咦……好快喔。真不愧是老師。」

正因為艾達飛基讓人完全看不出在想什麼，其實暗地裡想的應該多得很。沙優娜不想針對那個變態的性癖交換意見，也就沒有說三道四，而是用尊敬的眼神望著師父。

凡事都要試過才會曉得，艾達飛基立刻搬動亂堆的木箱，在裡頭東翻西找。這裡存放的道具，大多是沙優娜連名稱及用法都不知道的玩意兒。這些幾乎全是由艾達飛基一個人製作的，所以才令人驚奇。他到底有多閒啊？沙優娜心想。

不久，艾達飛基拿出一塊布料。

「找到了。」

「哇。好罕見的布喔。」

「妳可以摸摸看喔。來。」

那塊深靛色的布，觸感格外光滑。東西從師父手上交過來以後，徒弟便仔細端詳。材質富有伸縮性，一拉扯就伸得頗長。更重要的是，沙優娜原本以為那是塊布料，細看才發現樣式像無袖的束腰外衣。

換句話說，這是用自己不認識的素材製作而成的某種服裝。

沙優娜瞪圓眼睛以後，就用略顯興奮的嗓音問：

「好厲害！居然有這種材質做成的衣服，我從來沒看過！」

「對吧？那就請妳穿上去。」

「啥？」

「請妳穿上去。」

「……老師，你是指現在嗎？」

「我們都活在當下。」

「在……這裡穿嗎？」

「我們只存在於此地。」

「這件衣服……該說它薄薄的，還是以貼身衣物來講怪怪的呢……」

尺寸猶如奇蹟一般，幾乎跟沙優娜完全合身。但是，好似會吸附在身體上的觸感，可以輕鬆想見穿上去就會呈現出身材曲線。而且，他們倆好歹是一對年輕男女。儘管對方是師父，當徒弟的仍排斥展露自己的身材曲線。

更何況——這是那位荷馬兄的委託，跟沙優娜並沒有關係。

「以結論而言，我不想穿耶……」

「哈哈哈，我就知道沙優娜會這麼說。」

「唉唷，老師你真壞。」

「可是妳在成為我的徒弟時曾說過吧？妳會聽從我的任何指示，而且必定會協助我做研究或實驗。倘若妳食言，就算我單方面斷絕師徒關係，還把妳扔進樹海也不要緊。啊～我總覺得有股興致想把徒弟扔進樹海呢。」

「老師你壞透了！」

「總不能連使用感都不確認，就直接把東西交給委託者。」

「不然老師你自己穿就好了嘛！」

「我今天已經穿了長袍，不想再穿穿脫脫。」

「老師言下之意是目前全裸的話就會穿……！」

艾達飛基意外地頑固——應該說，他對自己的研究或實驗有非常強烈的執著。他之所以會收別無長處的沙優娜為徒，某方面而言就是為了當成實驗材料利用。

而他順帶教導沙優娜各種知識，因此沙優娜也無法多作反駁。既然已經拜師為徒，再怎麼抵抗終究效果有限。惹師父生氣的話，被丟到樹海就沒戲唱了。

「請、請老師面向那邊。千萬不可以轉過來喔！」

「我明白了。肉眼我會封印住。」

「……老師的用詞讓人有點疑慮耶。」

「妳再不快點穿上去，太陽就要下山嘍。」

「唔姆。」

閉上眼睛的艾達飛基亮出背影，沙優娜才總算窸窸窣窣地脫起衣服。師父肯定並沒有看她這裡——可是，沙優娜卻莫名感到有股視線。

但就算沙優娜起了疑心，師父也不可能老實招認。不予介意的她就這樣繼續換衣服。

「我……我穿好了。老師可以轉過來了喔。」

「——唔嗯。」

沙優娜所給的評語沒錯，材質好似會吸附肌膚。穿上去以後，這玩意兒就跟沙優娜的纖瘦身軀完美貼合在一起。而且肩頭和大腿以下都見了光，是件異常暴露的衣服。胯下涼颼颼的，使得沙優娜不禁扭身。

然而，沙優娜看艾達飛基頻頻點頭，就帶著有些驕傲的臉色說：

「照這樣看來，老師……你是迷上我了對不對！」

「唔嗯嗯嗯嗯。我還以為眼前的是男兒身。簡直恰似一道斷崖峭壁呀，妳的胸脯。」

「臭老師！」

「所以，穿起來感覺如何？」

「唔……我還是有一點料的喔！只是，總覺得這套衣服把我誘人而挑逗的身材全都束緊了！其實我是有料的！欸，給我看著這邊！」

徒弟的藉口越講越淒涼，為師的仰頭望向天花板當成回應。

艾達飛基對沙優娜嚷嚷的內容一面隨耳聽聽，一面陷入沉思。看來機能性並無問題，材質也並未劣化。這樣就足以讓委託者滿意了吧，他心想。

「——啊，對了、對了。這套衣服的名稱，我取作『救水』。」

「救水……？」

「嗯。我所做的道具，基本上都是以異界的知識為本源。在那當中，據說『救水』便是用來拯救蒙受水難之人。」

「這套衣服還挺正派的耶……雖然好像毫無防禦力。」

「畢竟我對異界之事也不是完全通曉。或許這其實還有別的用途。哎，雖然我們這次就是要用在別的地方——」

「咦？」

艾達飛基彈響指頭，沙優娜穿的「救水」下襬就像受到拉扯一樣地伸長。突發的狀況讓沙優娜猛眨眼，下襬卻隨即展開了反撲，使她「呀啊」地發出慘叫。與此同時，工坊裡「啪」地傳出一聲乾響。

「好、好痛喔喔喔！老師，你這是做什麼！」

「這是『順風扯旗啪啪啪魔法』。之後我會教妳。」

「到底要用來幹嘛的啊！」

「依我所見，比起裸身披鎧，荷馬兄對於肉體和鎧甲緊貼摩擦的觸感應該更為痴迷；因此方才我才在那件『救水』上施展『順風扯旗啪啪啪魔法』。由於平時衣料會將身軀束緊，還可以隨機啪啪啪地彈在皮膚上，因此荷馬兄跟他的命根兒，應該會毫不間斷地受到兩種刺激襲擊。」

「老、老師是什麼時候施展那種魔嗚哇！請不要這樣！啊唔！欸，老師你夠了喔！噫！別再彈了！叫你別再彈我了！啊啊啊！」

「救水」的衣料頻頻被拉扯，並且回彈在沙優娜全身上下。這位徒弟並沒有荷馬傑克的那種癖好，因此單純只會覺得痛才對。她氣壞了。

「我並沒有刻意催動魔法，是它自己在對妳啪啪啪。所以要出氣的話，請妳找那件『救水』，而不是找我。」

「老師以為魔法是誰施的啊！噫噫噫！」

「啊，還有、還有。我忘記說了，妳穿起來合適得讓人著迷喔，沙優娜。」

「那是現在該提的嗎！」

結果，在師父暫且解除魔法前，被啪啪啪地彈上一陣子的沙優娜只能在現場不停掙扎。

於是乎，間隔片刻之後——

「總、總算把衣服換回來了……嗚嗚，說不定會留下瘀青……」

「要我幫妳診治嗎？」

「不用了……老師以為是誰害的。」

「不過，這件衣服活像悍馬呢。這樣荷馬兄應該也會滿意才是。」

「老師都不聽人講話的嗎！我倒是重新體認到……那個人真夠奇怪的……」

「不就是位氣宇軒昂的武人嗎？」

「老師你也一樣奇怪……」

就算這樣，既然對方來委託，誠懇應對才合乎艾達飛基的為人之道。

沙優娜脫掉的「救水」，被艾達飛基滿心歡喜地摺好。接著他捧著那件衣服，準備匆匆離開工坊。

「請老師等一下。」

沙優娜不禁叫住那道背影。此刻，這個男人打算做什麼……？

「怎麼了嗎，沙優娜？」

「那東西……老師打算帶去哪裡？」

「還問帶去哪裡——之後要交給荷馬兄，我想在房間做最後的調整啊。」

「住手！」

這是今天最大聲的一陣尖叫。沙優娜央求似的抓住艾達飛基的長袍下襬，為師的就裝模作樣地說了句「討厭」，令人十分不爽。

「那是我剛剛才穿過的吧！為什麼要交給那個知欠！」

「妳講的知欠是誰？再說，何必問為什麼——『救水』只有這一件啊。原本我還規劃要製作白色與黑色，供應多種顏色款式，但是製造素材太費時就作罷了。」

「那就請老師現在立刻做一件新的！」

「只有三天無法做出來耶。用不著擔心，我會告訴荷馬兄這是妳穿過的舊衣。畢竟瞞著不講就把二手貨送出去，未免太對不起他了。」

「欸，送這件的話……是他付的報酬要加碼才對吧……！不對，正常來想都會排斥的啦，我不要！還有請老師別用二手貨來稱呼，這樣會引起誤解的！」

「可是我一開始就聲明過，使用感未經確認便不能交給委託者。」

「那、那時候，我以為另外有相同的貨色嘛……！」

「無論妳再怎麼抗拒，我都會把這交給荷馬兄。假如妳不要，只得由妳在三天之內做一件新的『救水』出來。」

到頭來就是別無他法。沙優娜連基本功都還沒有打好。追根究柢，她連艾達飛基用了何種方式取得異界的知識，又是怎麼製作出異界的道具，也完全不知情。要從無到有做一件「救水」出來，怎麼想都不可能。

唔唔唔——沙優娜咬唇咕噥。雖然她不會再穿那件「救水」，但想到接下來是那個變態要穿，就怎麼也無法釋懷。

「不要緊啦。就算多少有分泌物的痕跡，他也會諒解才對。」

「問題又不在那裡！而且才沒有什麼痕跡啦！」

不論再怎麼爭，艾達飛基依舊毫不退讓。沙優娜洩氣地垂頭。最起碼還是要隱瞞自己曾穿過那件衣服，唯有這一點絕不能妥協，轉了念頭的她如此打定主意——

*

——荷某希望，在實地操演的活動上務必能邀請兩位來觀摩。

荷馬傑克收下「救水」以後，便語氣堅決地這麼告訴師徒倆。「啊，不必了。」徒弟反射性地予以回絕；為師的卻爽快答應：「樂意之至。」事已至此，當徒弟的沙優娜壓根無權拒絕，師徒倆簡單做好準備，便受邀前往「察臼・奇程國」了。

「……老師。」

「什麼事，沙優娜？」

「我從滿久以前，就在想一件事情。」

「是喔。那等我們見證荷馬兄的英姿再談也不遲吧？」

「呃……可是……好吧。」

來賓正如事前聽說的，絕大多數都是各國的王公貴族以及富賈豪商。艾達飛基和沙優娜待在那當中，簡直像走錯了地方；然而艾達飛基似乎完全不介意，還表現得一派大方。今天他到底記得穿衣服了，因此看起來就是個斯文男子；即使如此，身上連一項華貴飾品都沒有配戴的他，仍顯得格格不入。而沙優娜躲在師父的死角後頭，壓低了聲音向他搭話。

但是，艾達飛基似乎只在乎騎士風光亮相的那一幕——或者，他想見證自己的道具被活用的瞬間——徒弟說什麼都聽不太進去。沙優娜嘆了口氣，然後緊緊抓住艾達飛基的衣襬。由於師徒倆身高有差距，正好可以讓她躲起來——

「話說回來……真的舉行了第二場活動耶。該怎麼說呢，周圍這幾位的眼神……感覺都充滿了猜疑心。」

「畢竟荷馬兄曾一度失態嘛。這次就是要洗刷汙名，讓荷馬兄與我的『救水』朝世界展翅高飛的日子。真是令人雀躍不已呢。」

「……老師，我們還是先談談好嗎？」

「哈哈哈，妳又不是孩子了，就忍一忍吧。之後要談多久我都肯聽。」

萬萬沒想到，會場安排於王城之內——而且場地就設在殿前。「速卸式鎧甲」的性能，正是要當著國王面前展現。只不過，荷馬傑克上回展現的是他那話兒——但這次可不同。

艾達飛基回想到，荷馬傑克在試穿「救水」以後，曾流著眼淚對其頷首。看似感慨萬千的他，只是語帶嗚咽地稱之為「全新境界」。

由於沙優娜不想看到他那副德性，於是便留在自己房間；後來艾達飛基家裡響起的高亢聲調，想必就是荷馬傑克得知那件「救水」來歷後所發出的歡喜吼聲吧。誰曉得他之前聲稱對小姑娘硬不起來是怎麼回事。

總之，「救水」與荷馬傑克的相契度之高，恰如艾達飛基所料。好比褐膚巨乳精靈配上正值發情期的半獸人那麼契合，艾達飛基如此置評。

「哎呀——國王駕到了呢。活動是不是要開幕了？」

國王緩緩坐上寶座以後，某種儀式性的典禮就開始了。鎧甲並不會突然登場亮相，應該還要穿插一些猴戲。拖時間的排場頗為乏味，而周圍的人似乎也有同感。「上次看過了嘛」，可以聽見有人這麼竊竊私語。

不久，一名騎士高聲呼喊，有個身穿漆黑重甲的老練騎士——荷馬傑克就朝著寶座，緩緩邁步前進。其肅穆的神情，與初次相遇時別無二致，沙優娜對於人類具備的兩面性感到有些背脊發冷。

「令人心癢難耐呢。在那套鎧甲底下，穿的可是我們製作的『救水』喔。」

「請老師不要隨口把我算成製作者之一好嗎？」

荷馬傑克帶著緊張的面孔，把劍獻給了國王。他的緊張從何而來，現場幾乎無人曉得。此刻，在荷馬傑克的鎧甲裡，「救水」恐怕正像悍馬一樣地啪啪作響。他目前肯定是拚了命地在抵抗那種快感。知道內情的沙優娜則懷有幾分不干己事的心態，在現場旁觀著。

另一方面，對於上次也出席過的那些人來說，荷馬傑克的舉手投足無疑是注目的焦點。尤其看在與他親近的人眼裡，上次那一幕等同於惡夢。之前是出了什麼差錯吧，拜託是那樣

——雖然聽不見聲音，感覺有如此意念在半空打轉。

於是——命運的時刻到來。

「吾國之王啊。這是由我等『察臼．奇程騎士團』奉獻給您，從戰亂中開拓出的嶄新未來！請您看清楚了——『速卸』！」

乒乒乓乒，叩隆——荷馬傑克穿的重甲逐步分解，離開他的身體。宛如漆黑蟲蛹成功羽化，從中甚至能感受到此等神祕感。

——從蛹中出現的，是個大叔。

全身被「救水」包得緊巴巴，體毛濃密的肢體毫不吝惜地展露在外，這樣的一名大叔。

嬌小的沙優娜穿上去才剛好合身的「救水」，把大叔的胯下勒成兩片，結果圍繞著荷馬傑克命根兒的兩顆左右護法就被往外擠，還探頭呼吸新鮮空氣向眾人問好。

現場的所有言語、所有聲音，彷彿都遭到了驅逐一般。鴉雀無聲……將其打破的是一聲乾響，啪！

「噢～」

大叔嬌喘。

「處死。」

無情的國王。

「這是為什麼，國王！荷馬兄有記得穿衣服啊！」

強出頭幫人說情的師父。

「想也知道嘛！那我穿上去才剛好合身而已，給知欠穿一定慘不忍睹啊！」

早料到事情會變成這樣的徒弟。

各方的心思與說詞相互交錯，現場頓時亂成一片。知道「救水」內情的人，恐怕只有艾達飛基、沙優娜以及荷馬傑克。但不管知情與否，光看就曉得他那副模樣根本是變態。倒不如說，全裸還比較有立場辯解。

手持武器的騎士們紛紛殺向被判死罪的荷馬傑克。

「國王啊！難道您要辜負熱愛祖國、盡忠祖國、將一切奉獻予您的我嗎！」

「憑本王的慧眼，也未能看透你是愚昧至此的男人。能留給你的只剩這點慈悲，本王保證會將你厚葬。慷慨受死吧——荷馬傑克。」

話雖如此，大概是得「救水」所助，荷馬傑克靠著格外輕盈的身手，將大群騎士連番打倒。儘管之前曾讓人半信半疑，但他似乎真有高強的本事。沙優娜對荷馬傑克稍微感到另眼相看，還希望能儘快離開現場。

「——賢勇者大人、沙優娜小姐。」

「唔哇，他過來了！」

「你有什麼話要交代嗎，荷馬兄？」

臂膀一揮就將騎士揍飛出去，反手還攔下捅過來的利刃再順勢折斷；儘管周圍的人們叫著：「濃毛妖怪！」「蛋蛋亂甩的怪物！」荷馬傑克仍趕到師徒倆身邊。他的表情因哀傷而黯淡——可是，也有某種如釋重負般的滿足。

「荷某要……噢……！感謝你們……嗯……！以這種形式……啊……！道謝……固然遺憾，但我還是無怨……噢……！無悔！」

「這個人在說什麼啊？」

「『救水』正在趁機撒野呢。」

「荷某將來……噢……！必會另行報答兩位……就是那邊！大力點！」

「他開始指定部位了耶……」

「我並沒有將事情辦成，不值得讓你報答。早知如此，若是能生產尺寸有別的『救水』——如今後悔也來不及了。」

「與其說尺寸有差別……根本來講，我想『救水』這種衣服，原本就是男女有別的吧？老師做出來的那件，我認為是給女性用的。」

面對細聲糾正的徒弟，為師的睜大了眼睛。前騎士則把敵人大致掃蕩完畢，還逼近過來問她是怎麼一回事。

「妳說的是什麼意思噢～！」

「別靠近我！呃，我從一開始就覺得有疑問了！這種衣服，感覺實在不像男女通用的！畢竟它的構造……比如胸口或胯下的部分，無論怎麼想，都不適合讓男性穿嘛！」

「對不起，我剛才沒聽清楚。妳是說胸口……和胯下？」

「老師你根本聽得夠清楚了吧！換句話說，看知欠那副模樣就曉得了啊！正常來想，男性一旦穿上去的話，就會有東西被**擠到外面**嘛！那樣不是很奇怪嗎！所以，那件衣物是給女性穿的！」

「…………唔！豈有此理……！」

「我覺得豈有此理的是老師耶……」

「救水」有兩種。為男性設計的款式，以及為女性設計的款式。

艾達飛基不知道這一點，就把女用款式當成男女通用的了。結果使得荷馬傑克顯露出身體局部的左右不對稱，諷刺得讓賢勇者這才發覺自己判斷有誤的事實。

艾達飛基跪倒在地，灰心地抱著頭。

另一方面，沙優娜總算講出了從最初就想講的話，因此有點志得意滿。

「……荷馬兄，我——」

犯下了無從挽救的錯——艾達飛基如此心想；但荷馬傑克向賢勇者伸出一隻手，制止了他的謝罪。順帶一提，荷馬傑克空著的另一手，被他若無其事地用來把以往奉為主子的國王勒昏了。放肆也該有個限度。

「請您放寬心，賢勇者大人。荷某對沙優娜小姐用過的這件『救水』甚為中意。因此您不覺得，分男用女用根本是微不足道的小事嗎？」

「即使是沙優娜用過的『救水』……荷馬兄也覺得好嗎？」

「請你們不要趁機亂加綴詞！」

「不如說——這樣才好。精美之技藝，荷某感激不盡。」

荷馬傑克表現出羞赧。兩名男人不分先後，牢牢地互相握了手。

承認本身錯誤，警惕自己有所驕橫的賢勇者。

寬恕其過錯，進而讚許對方的前騎士。

一直在提醒他們再不快逃，鐵定會大事不妙的徒弟。

——就這樣，身穿「救水」的前騎士啟程流浪。他發誓，將來必當回報心地和善的師徒倆。後來徒弟暗自祈禱：「希望這個人別再出現了。」為師的則是預言般地咕噥：「他在接近最終話時八成會有戲分啦。」

題外話，這場騷動是由一國的騎士所掀起的叛亂，並對國家整體造成了莫大打擊，後世將會把這樁史無前例的大事傳述下去，然而——

賢勇者及其徒弟也是牽涉其中的原因之一，關於這點到底有多少人曉得就不得而知了。

《第一話　終》

第二話◎賢勇者與徒弟

………

——姊姊，為什麼……

——這是沒辦法的事。為了保護妳以及大家，我就什麼都不怕。

——可是……！

——我們或許再也見不到面了。不過，以往與妳度過的日子，會永遠活在我心裡。所以，偶爾為之就好，有時候妳能不能也想想我呢？

——我不會忘……我不想忘記！我絕對！絕對不會忘記！

——謝謝妳，沙優娜。光是能聽妳這麼說，我就已經很幸福了。

——不要，我不要！姊姊，妳別走！

——在這附近捏乳頭會有種褻瀆的快感耶。

——姊姊！好像有陌生人闖進我們的回憶！

——不要緊，冷靜下來。沙優娜，因為這是夢。這是妳所看見的夢幻泡影。這是溫柔而心繫往昔的妳，在沉睡間潛藏的光輝。

Great Quest
For
The Brave-Genius
Sikorski Zeelife

——尤金，你對乳頭沒興趣嗎？

——姊姊！我的光輝被人玷汙了！

——那麼，沙優娜。我差不多該走了。請幸福地活下去。至少妳一定要幸福。

——獨占正經戲的姊姊就這樣離開太狡猾了！

——說起來挺常見的就是了，當你的乳頭被蚊子叮到時要怎麼辦？

「那種狀況才不常見啦！」

「那種狀況不算常見吧——啊，她醒了。」

「看來是這樣呢。」

劈啪劈啪，有火堆迸燃的聲響。好似要打破那陣聲響，少女甩亂琉璃色的頭髮，臉色驟變地喊了出來。呼吸氣喘吁吁，全身被黏汗濡溼。在少女的人生當中，這次睡醒的心情可以排在最後一名。

另一方面，坐在倒木上的兩名男子看少女突然起身大叫，卻顯得氣定神閒。有著一頭銀髮且溫文儒雅的俊美青年；以及留著清爽的暗褐色短髮，給人精悍印象的青年。他們倆親切地朝情緒不穩的少女開口說：

「感覺怎麼樣？從外表看來，咱是認為妳沒有受傷。」

「這位胸部看起來有夠平坦耶，請問妳是男的嗎？」

「剛醒來就聽到落差這麼大的問題好令人難受……！傷勢嘛，我想應該沒有。還有我是女的。」

「哈哈哈，我知道啦。」

「對嘛，正常來講看了就曉得。」

「不，乍看下仍不好分辨……因此我們倒是仔細觀察了一陣子。」

「啥！」

「啊，你喔！別講那種會引起誤解的話！」

「順帶一提，他曾表示：『十幾歲的老女人不在咱的守備範圍內，所以咱不管。』後來便完全沒有幫忙照顧妳。希望妳能了解這項事實就好。」

「十幾歲就算老女人？好、好過分……！真性戀童癖……！」

「咱可沒說過，而且咱也有幫忙！你是想對她灌輸什麼樣的第一印象啊！話說先來釐清現在的狀況才合理吧！好了，妳坐到那邊去。」

精悍青年粉飾太平似的主持現場。他在心虛──少女這麼認為。

話雖如此，正如他所說的，狀況讓人完全摸不著頭緒。少女就近找了塊倒木坐下，並且重新審視這兩名青年。接著，她低下頭行禮。

「呃，雖然講起來好像有點前言不搭後語，但謝謝你們救了我。關於兩位對我的惡毒言詞，日後我打算另外找場合詳談，以便採取法律措施，屆時還請兩位到場配合……」

「這丫頭同時準備好要道謝和打官司了耶……」

「沒想到她挺強悍的呢。先確認一下，請問妳是否知道，這裡是人稱『慾望樹海』的迷宮最難關卡呢？」

「那是當然了。」

「慾望樹海」——據說，連老練的冒險者要闖關都會感到猶豫。

徘徊出沒的魔物無不凶惡，光是走動就相當消耗心力的嚴苛環境，一旦踏進裡頭就再也走不出來的廣闊面積，還有讓人困惑的迷宮般構造。單純帶著試身手或冒險犯難的念頭去挑戰，等在後頭的保證只有死路一條。大多數人都會迴避的魔境，那便是這片樹海。

「知道歸知道，咱倒覺得妳怎麼看都弱不禁風的樣子。裝備的品質似乎是不錯啦，卻沒有長年使用的形跡。還不如說，妳都沒用慣吧？咱也把妳的背包裡面檢查了一遍，感覺全是生手在用的玩意兒。妳是在鄰近城鎮買齊的吧？整體來講……妳就是個對旅行算不上熟練的外行人。」

「假如妳企圖尋死，身上就不會帶著衣服以外的東西。話雖如此，即使外貌孱弱，實則擅用魔法的高手還是有的。然而，妳幾乎不懂什麼魔法吧？驅趕魔物的把戲妳似乎會一兩招，不過那在這片樹海反而只會變成撒給魔物的餌。」

（這、這兩個人……好敏銳……！明明都是怪人……）

「雖然不知道妳現在在想些什麼，但是咱跟這傢伙可不一樣，咱有常識。」

少女被精悍的那一個叮嚀了。大概是想法都寫在臉上的關係吧，她有些慌張。

「話說，你怎麼連我用的魔法都曉得？」

「因為我有細細地檢驗過妳。」

「早知道就不問了。」

「想發問的是咱倆啦。事實是咱們在這片危險的樹海，拯救了毫無防備、昏倒在地上的妳。既然事情如此，咱們起碼有權問妳個幾句才對吧？咱就直話直說嘍——妳是來這裡做什麼的？」

「…………我聽了某個傳聞。據說其智慧對世上萬物無所不知，其英勇足以破除任何妖魔的偉大賢勇者，就是在這片樹海的盡頭過著隱居生活。」

兩名青年聽完少女的說明，便相互對視。傳聞終究只是傳聞，本來就半信半疑的少女猜想，這兩個人大概知道些什麼。

「假設見到了又酷又壯又睿智又勤奮又具創造力又消極的那位高人，請問妳有什麼樣的目的呢？」

「你最後一個形容詞才給人負面印象是怎樣啊？」

「呃……我想求賢勇者大人收我當徒弟。如果能拜赫赫有名的賢勇者為師，應該就能學習到任何知識。」

「勸妳不要。」

「否定得會不會太快了！」

「這又有什麼不好的呢？想向誰求教何種知識，是每個人的自由呀。畢竟有人就連自己的乳頭，都可以當成至高無上的教材。」

「請問這個人在講什麼啊？」

「別問咱。但妳最好把『這傢伙在鬼扯什麼』的念頭時時放在心裡。」

對方的建議似有深意，卻不太能打動少女。

從少女看來，這兩個人雖然奇怪，卻不像是壞人，反而還莫名地讓人覺得容易親近。她固然沒有把本身的背景全告訴他們，對別人透露自己的目的卻是頭一遭。大概是因為這樣，少女顯得莫名害臊。

「果、果然很奇怪吧。沒有任何長處的我，要憑什麼拜託連是否存在都不確定的賢勇者大人收我當徒弟……」

「要說存在不存在嘛，應該算存在啦，他在道上還挺有名的就是了。」

「妳的志氣可佩，但我並不鼓勵妳帶著半吊子的實力挑戰這片樹海。雖說逛熟悉以後，來這裡散步閒晃也不會有事。」

「請問～兩位是冒險者嗎？旁邊那位的穿著打扮……還滿輕便的耶。」

少女的視線投注在銀髮男子身上。銀髮男子似乎只披著長袍，蒼白的肌膚若隱若現地隨身體動作顯露出來。這種露法固然完全不會讓少女感到開心，以冒險者的裝扮來說卻異常輕便。至於精悍男子穿的旅行裝扮倒是沒有任何問題。

——來到這一步，他們三個發現彼此都沒有報上名字。

「先做個自我介紹吧。我叫『艾達飛基．齊萊夫』。世人一般稱我為賢勇者，不過妳大可放輕鬆點，叫我艾達就好。」

「…………咦？」

「哎，好啦，咱告訴妳。妳運氣不錯……雖然也好像倒了大霉。反正應該算好運啦，別怕。畢竟妳要找的賢勇者，已經像這樣見到面了。」

「等、等等，請等一下！咦？就他？咦咦，就他嗎？」

「她在問：『就他嗎？』聽到沒有。」

「真令人心寒啊。」

「我、我懂了！你們兩個串通好要騙我對不對！之後一抓到機會，你們就會侵犯我，把我當予取予求的玩物對吧！跟那些薄薄的魔法書一樣！」

「這丫頭在鬼扯什麼啊。」

「開頭沒多久就擔心起薄本魔法書……莫非她自認是當紅女角？」

「話說薄本魔法書是啥名堂？那不就表示買到內容少的便宜貨嗎？」

無視驚慌的少女，自稱賢勇者的艾達飛基朗聲笑了笑。就本身的步調完全不會被人打亂這方面而言，看起來確實也算有大將之風。然而，要談到這能否證明他是賢勇者，似乎就無法取信於人了。

「倒不如說，賢勇者大人應該更年長才對！才不會是你這樣的小伙子！」

「可是他明顯比妳年長……」

「這一點往往會被人誤解，賢勇者之名並非自稱，而是由他人取的稱號。人們稱呼我的祖父『沃拿尼斯』為賢者，我父親『杜瑞深』則是被稱為勇者，因此為求區別，繼承他們倆血統的我就被稱為賢勇者了。妳心目中的那個形象，八成是我的祖父。」

「唔唔唔……」

（咱從身上的行頭也可以看出端倪，她連沃拿尼斯爺爺跟這傢伙都分不清楚，給人的感覺就是涉世未深。起碼城裡長大的丫頭不會像她這樣，難不成是貴族的女兒？）

「哎，信不信由妳。反正我也拿不出什麼證據，能證明自己是賢勇者。當然，我也無意對妳說謊就是了。所以呢，妳叫什麼名字？」

「……我叫『沙優娜』。如你們所見，是個新進的冒險者。」

「阿基他不會對人說謊，但妳說謊的技巧實在不太行。」

「我、我沒有騙你們。呃……」

精悍的青年不知道叫什麼名字，自稱沙優娜的少女因而語塞。艾達飛基狀似要幫她找臺階下，就「啪」地合掌一拍。

「哎呀，我介紹得晚了。他是我的朋友『尤金』。如妳所見是個戀童噗哇啊。」

「咱揍人嘍。」

「先揍後奏嗎！」

艾達飛基的朋友尤金，毫不遲疑地將他的朋友揍飛。兩人誇張的相處關係，讓沙優娜有些不敢領教。但挨揍的艾達飛基顯得毫不介意，不知為何還一邊輕撫臉頰，一邊替尤金打圓場說：「他就是容易害羞。」

「所以呢，沙優娜小姐。妳接下來有什麼打算？咱看太陽就快下山嘍。」

「要折返或繼續前進都難竟全功呢。」

「總之，我現在還是想以賢勇者大人的所在之處為目標。雖然不曉得是否能抵達……但是，不管怎樣，我都希望能成為賢勇者大人的徒弟。」

「穿過這片樹海，固然就有我的居所。不過我和尤金會在樹海停留一陣子，妳現在去也沒有任何人在喔。」

「基本上，夜裡妳要是在這片樹海遊蕩，咱認為妳只有死路一條。」

夜行性的魔物眾多。而且越是凶猛的傢伙，在夜裡越是行動活躍。而沙優娜對戰鬥幾乎可以說一竅不通，一旦碰上魔物，應該就完蛋了。

「虧妳一路到這裡都沒有被魔物襲擊耶。」

「聽咱說一句，半路累倒的話可就前功盡棄嘍。」

「……但這樣的距離要折返回去，我更是辦不到。與其回城鎮，我寧可繼續前進。」

「怎麼辦，阿基？該說她性子頑固嗎，她似乎鐵了心耶。」

「唔嗯。若妳願意，要不要暫時與我倆同行？縱然妳真的穿過這片樹海，盡頭也只有我的居所。而我只要達成目的就會回去那裡，既然我們最後的目標是同一個地方，即使要繞遠路，我認為妳跟我們在一起還比較安全。」

「不，我……」

「阿基，不然你將結界先解開一次如何？要是讓她以為憑自己一個人也能成事，那就傷腦筋了吧？」

「說得也對。她要自尋死路是無所謂，但既然像這樣碰上了，就不能看著她送命。」

沙優娜不懂他們在說什麼，艾達飛基則對她彈響一聲手指。那具有什麼樣的意義？沙優娜還來不及思考，全身就像被什麼扎到一樣地打起哆嗦。

——自己正被注視著。而且，視線來自於許多生物。樹木沙沙作響，鳥獸鳴叫，整座樹海像是發出了低吼，聲響突然開始變大。毫無本領的沙優娜這時總算發現，自己是遭到掌握的「獵物」。

「咦？咦……！」

「阿基一直都有在這裡布下隔音和驅離魔物的結界。咱們可以像這樣悠哉講話，還有妳剛才能無憂無慮地昏倒，都是因為這傢伙用了那招的關係。」

「我們也就罷了，像妳這樣的年輕女性對魔物來說可是俎上肉。那麼，妳有什麼打算？假如妳還是要獨自前去，我可不會再阻止了。」

「……請、請務必讓我與兩位一塊同行……」

疑為賢勇者的男子聽到她的答覆，就「哈哈哈」地笑出聲音，然後再次布下結界。樹海的低吼聲與來自魔物的視線，也就立即消失無蹤。

先不論身分真偽與人格，沙優娜即使感到排斥，仍理解到這男人具有真本事。

*

「——阿基，所以她已經睡啦？」

「看來是這樣。」

「之前都把咱倆講成那樣了，她還真有膽啊。這表示這丫頭神經還挺大條的。」

在陷入昏黑的樹海中，只有篝火的光輝照亮周圍。大概是沙優娜疲倦未退的關係，向兩人分到食物吃後，她很快就睡著了。或許沙優娜在這方面的適應力，確實適合當個冒險者。

賢勇者一面聽著她小小的打呼聲，一面熱衷於跟友人談笑。

「那現在要由誰來提供肉棒？」

「你要熱衷於談笑啦！」

「假如是薄本魔法書的劇情，我們在這個段落就要現出本性了。」

「誰管你什麼段落！」

「尤金，果然還是要年紀再小一點的女童，才會合你的喜好。不得已嘍，那就只好由我一根獨秀了。」

「別講得好像一枝獨秀還有其他解讀方式！無論哪根都別秀！」

「你不否認喜歡女童的部分耶。」

「咱只是來不及吐槽……你為什麼老想扯到那上面……」

「畢竟你沒有在第一話登場嘛。這次我左擔心右擔心，就是怕你形象不夠鮮明，連晚上都睡不好。」

「第三話還會有咱的戲分啦，你少瞎操心！話說你昨天還比咱先睡吧！」

「有嗎？話又說回來了，她真是個奇妙的冒險者耶。」

「你這樣帶話題會不會拗得太硬了……這丫頭根本就不是冒險者吧？雖然不曉得出身何處，但是她跟尋常的平民差別可大了。八成是不諳世事的貴族或什麼人物。」

毫無本事卻隻身來挑戰這片樹海，連危險性都不甚了解就只顧往前衝，再怎麼無知愚昧也該有限度。若有一步閃失，就算已經喪命也不足為奇。至少，她並不具備常人都有的觀念

——尤金替自己的推論補充了這麼一句。

「何況，她還說想當你的徒弟。這種奇葩角色可不多呀。」

「就是啊……為什麼她胸部平成這樣呢？」

「你看重的居然是那個喔……所以說，你有實際收她當徒弟的意願嗎？咱倒是覺得，這丫頭遲早都會發現，賢勇者這荒謬的稱號就是專屬於你的。」

「我並不會吝於收她為徒。令我掛懷的只有她胸部太平這一點。」

「欸，你還有更多該在意的部分吧？比如她的出身、她的目的，不明之處多得很吧？」

「哈哈哈，那些沒什麼好讓我在意的。」

「喂喂喂……雖然這丫頭似乎沒有敵意，但是你都不會覺得有點可疑嗎？」

「起碼我曉得她沒有胸圍。」

「你看人的基準只有那一項嗎！」

是否要拜師端看沙優娜，將為人師的艾達飛基卻好像不在乎。他們哥倆從小就認識，亦即所謂的童年之交。於好於壞都熟知其為人的尤金，決定觀望好友會如何選擇。

「哎，不管你是要收徒弟還是幹啥，要做的話就該負責把人培育好。你從以前就腦袋靈光，但你對別人的情緒肯定少一根筋。」

「會嗎？」

「會。像你之前說對她『仔細觀察過』，那也是為了確認有沒有沾到寄生蟲或寄生植物，以及身上有沒有哪裡受傷才做的吧？不把重要的環節告訴對方，老是跟人嘻嘻哈哈沒個正經，這就是你的壞毛病。」

「我只是看她醒來才開個小玩笑啊。」

「不，你名副其實地拿人家身體開玩笑，這玩笑可開大了……」

「呼啊……用不著擔心，我對平胸沒有興趣……」

「問題不在那裡啦。真受不了，你搞這些狀況大多都出於無心，所以才更難收拾，但是該注意的地方還是要注——」

「…………………」

「…………………」

「…………ZZZ。」

「——啊，聽咱說教無聊到讓你睡著啦？對不起喔～」

尤金一邊假裝道歉，一邊出腿把睜著眼睛睡覺的童年之交踹飛。

「你以為咱會這麼說嗎，混帳！得感冒最好！」

罵歸罵，尤金還是給踹倒在地上的艾達飛基蓋了條毯子。一個人唱傲嬌的獨腳戲並沒有意義，因此尤金也決定睡了。

入睡後依然能夠維持結界，固然是有了不起的地方——尤金卻覺得，這傢伙要培育他人應該有困難。

＊

「兩位早安……呃，賢勇者大人、尤金先生。」

「噢，早啊。妳醒得真晚耶。」

「看來妳睡得很熟呢。沒想到我們怎麼弄都沒有吵醒妳。」

「咦！」

沙優娜將自己缺乏起伏的身體摸了一遍做確認。雖然感覺沒有被人怎麼樣，真相卻不得而知。

「別講那種會引起不安的話！你也是睡到剛剛才醒的吧！」

「這表示非禮妳的人過濾出來了呢。」

「過、過分……！我原本還相信他只對女童有興趣……」

「那才是妳該懷疑的部分吧！夠了，你們快來吃飯啦！」

尤金已經準備好三人份的早餐。說來理所當然，他們哥倆對睡著的沙優娜就連一根小指頭都沒碰。艾達飛基講的話固然聳動，不過他在這方面倒是意外地光明磊落。

「這麼說來，妳剛才叫我賢勇者對吧。」

吃著早餐的艾達飛基忽然問道。原本他以為沙優娜還沒有認同他是賢勇者，似乎就有點好奇。

沙優娜一面啜飲熱湯，一面目光閃爍地嘀咕：

「那是因為……呃，仔細思考過以後，我覺得兩位在這裡騙我也沒有意義。而且身為外行人的我，也覺得你的魔法實力相當不得了，所以就暫且……」

「那不就好了嗎？假如妳另外找到了正牌的賢勇者或什麼高人，到時候再來把阿基罵到臭頭就行啦。」

「畢竟路途尚遠嘛。我也認為，妳大可憑自己的眼力去認清。」

艾達飛基拋出的話語，讓沙優娜默默地點了點頭。

接著，當他們三人用完早餐，準備啟程的時候——沙優娜提了一個有點晚的疑問。

「話說……請問兩位來這片樹海，是有什麼目的嗎？」

「對喔，都還沒跟妳提過。咱倆來這裡的目的是——」

「——說穿了，我們是來**採香菇**的。」

「……採香菇？」

「嗯。咱是行商者，然後要來採一批只生長在這片樹海的香菇。」

「我同樣需要那種菇，於是我倆就一塊來採香菇了。」

「這樣喔，該怎麼說呢，兩位感情真好耶。」

「沒那回事。」

「是啊。何止感情好，我倆的關係已經沒有在分內外了。」

「這傢伙對咱來說比父母還討厭。」

「能夠比父母還親的人反而不多吧！」

「因為尤金是傲嬌嘛。要說的話，就像七●珠界的貝吉●。」

「欸，●吉達也只存在於七龍●界吧！」

（他、他們在說什麼啊……）

哥倆鬧歸鬧，走在野徑上卻闊步無阻；而沙優娜光是抬腳移動就費盡了精神。大部分行李都讓尤金用行囊揹著，另一邊的艾達飛基則是兩手空空。碰上長得茂密蒼鬱的草叢，尤金會用手裡的短刀開路，還會定期查看地圖確認現在位置。同時，他也經常一邊留意苦哈哈跟在後頭的沙優娜，一邊調整前進的步調。連理應寶貴的飲用水，尤金也毫不吝嗇地遞給她。

後來，尤金深深地吸進一口氣——

「是不是都只有咱在幹活啊！」

——他從丹田這麼吼了出來。

「怎麼了嗎？沒頭沒腦地突然亂喊。」

「你才沒頭沒腦，一路上只有咱在打草叢探路！你也幹點活吧！」

「賢勇者大人確實什麼都沒做呢……」

「不不不，我們不是從一開始就講好職責分配了嗎？戰鬥、露營、帶路以及其他所有雜務給尤金一手全包，我負責走在他後面，就這樣。」

「那尤金先生實質上等於是一個人在旅行嘛！」

「你把自己當開頭的NPC啊？」

在艾達飛基兩手空空就跑來樹海的當下，想也知道他有多少幹勁。哥倆講好要一塊成行的時候，他似乎就把大部分的事情都交給尤金去張羅了。

就在此時，大概是三個人忍不住嚷嚷的聲音惹了禍，附近草叢傳出沙沙聲響。

『蒙斯塔～！』

「怎麼辦呢，尤金？魔物出現了耶。」

「原來魔物的叫聲是『蒙斯塔』啊？」

「那就跟小狗發出『道格』的叫聲一樣怪吧！這是哪門子的世界觀啊！」

「哎，何必在意小細節呢？所以說，現在怎麼辦？」

魔物對我方攻擊意欲十足。就算轉身逃跑，對方速度比較快，也會立刻就被追趕上吧。

「還能怎麼辦……偶爾也會有魔物不吃你那套驅魔魔法啊。只能跟它拚了。」

（啊，他果然時時都在驅逐我們身邊的魔物……好厲害。）

「原來如此。那就先來講解戰鬥的訣竅吧。若要對付位在前排的魔物——」

「戰鬥教學？」

「你講話別當自己是開頭的NPC啦！」

『蒙斯塔～！』

來襲的魔物，被尤金揍了一頓！

艾達飛基等人勝利！

「解決掉了呢。用低於小學生的寫作力換取勝利。」

「明明都是尤金先生在賣力，文章還是以賢勇者大人為主體耶。」

「他才是開頭的ＮＰＣ啊。」

「你們別鬧了！」

之後仍不時有魔物起興來襲，尤金賣力打倒他們，不久一行人便抵達了目的地。

「有許多稀有的香菇沉眠於此，人稱『菇菇之村』。」

「聽起來好像兩大勢力和解後的名稱耶。」

「要講的話，妳不覺得比較像是竹筍被征服了嗎……？」

「唉，宗教性紛爭往往就是這麼難分難解，誰教這座『殘幹之森』——」

「你別把第三方勢力扯進來啦！」

「菇菇之村」位於樹海中的開闊場所。從林隙間有幾許陽光照下來，卻又保有相當的溼氣。四周倒木成群，上頭長滿了各式各樣的香菇。的確，感覺正好是適合香菇發育的環境。

艾達飛基在附近的樹根蹲下，然後用手指了指。

「你們看。竹筍周圍長出了香菇。」

像是要把竹筍包圍起來似的，竹筍四周稍微冒出好幾根香菇。然而不知道為什麼，香菇的蕈傘分了岔，其中一端尖銳得像把劍——而且包圍在旁的所有香菇，全都呈現用「劍」指著竹筍的狀態。

「俘虜（竹筍）？」

「咱總覺得在這一幕背後，有某種讓人無能為力的龐大意圖……」

「哈哈哈。那是你們多慮了。」

「話說當竹筍不是長在竹子底下，而是出現在樹根時，不就表示那棵竹筍是要被押送到某個地方——」

「妳別再說下去了。」

三人決定當作什麼都沒看見，在村裡逛了起來。有塊地方類似於廣場，在四處可見的倒木當中，有一棵格外碩大的倒木坐鎮於廣場中央。那棵倒木與其他不同，上頭只長了一種香菇。而且就只長著單單一株巨無霸香菇。

「哇……好大喔。」

「妳再怎麼誇獎，我也只能噴汁回報喔？」

「沒有人在講你那根香菇啦。」

那株巨菇是以暗紅色為基調，菇柄（也就是所謂的「莖部」）色澤有些泛黑，前端的蕈傘則呈泛紅色，看起來似乎更具毒性。蕈傘是完全張開的，尺寸大得彷彿可以在下雨時名副其實地當成傘的代替品。另外，或許是早晨凝露的關係，巨菇表面溼漉漉的，沙優娜剛靠近，就有一顆水珠從前端滴落。

「無論何時來看……咱都覺得真夠猥褻的。」

「實在雄偉。先拜一拜吧。」

「這棵是神木或什麼特別的植物嗎？不過，你們要的就是這株香菇對不對？」

由於他們倆對其他香菇看都不看一眼，沙優娜似乎便這麼判斷了。事實上，他們倆就是來採這株香菇的。既然這樣，總之拔起來就行了吧——冒失的沙優娜伸手打算摸那株神菇。

「啊，蠢蛋！妳別隨便亂碰！」

「咦？」

尤金的制止慢了一步。沙優娜摸到神菇的瞬間，神菇前端就噴出大量的孢子。其數量非比尋常，足以覆蓋整座廣場。簡直可以說煙幕彈也不過爾爾，而被孢子近距離噴到的沙優娜則被嗆得猛咳。

十幾秒後，漫天飄舞的孢子總算平息下來。然而，沙優娜仍在咳嗽。

「咳咳！咳咳！……嗚嗚，好慘……」

「妳不要妄動喔！那可不是普通的香菇！」

「對不起……………咦？」

身體莫名沉重。難道是剛才的孢子讓身體生病了？沙優娜如此心想，不過她發現有某種東西映在自己的視野。

有某種東西像頭髮一樣，從額前垂了下來。

「……這是…………香菇？」

沙優娜抓起垂下的香菇試著一扯，便發現自己額前的皮膚也受到了拉扯。牢固到多用點力，似乎就會把自己的皮膚直接扒下來的地步。

「咦……咦咦咦咦咦咦咦咦咦！」

沙優娜的額前——長出了小小的神菇。而且，還在她身上牢牢地扎了「根」。

「唉，混帳！所以咱才叫妳別碰……」

嘀咕的尤金臉頰上，也一左一右地長了兩株迷你版神菇。

「這、這是什麼東西！拉了會痛耶！」

「……『映鏡菇』。那株大香菇就叫這名字。外表看起來對人無害，但是一碰就會讓孢子淋得滿身都是，被它『播種』到體內。是種只在這片樹海生長，非常稀有的香菇，尤其那株更是長成了帝王級的尺寸。」

「呃，尤金先生，要是被它『播種』，會有什麼後果呢……？」

「因為它是菌類，『播種』終究只是一種比喻啦。精確來講，要叫『寄生』才對。它們會從寄生的宿主身上將所有營養吸取殆盡，並且逐漸成長。差不多只要一小時，人類就會被吸收得只剩下皮包骨。」

「那不就危險到極點嗎！」

「咱叫妳別亂碰了吧？基本上，在這片樹海的動植物都很危險啦。」

「好了、好了，尤金，你也不用那麼生氣。反正我們打從一開始就打算用這種方式讓它增殖。」

艾達飛基從稍有距離的地方笑著走過來。他大概是躲過了噴出的孢子，外表跟沙優娜以及尤金不一樣，並沒有出現變化。

「阿基，你一個人躲起來啦？」

「好狡猾喔……」

「不，我跟你們倆一樣，也有被噴到喔？你們看。」

艾達飛基脫掉薄薄的長袍，毫不羞怯地變成了全裸。

而他的胯下，有先天就長在那裡的菇菇，以及應該是後天長出來的另一種菇菇，風沒有吹卻在搖擺晃動——

「呀啊啊啊啊啊啊啊啊啊啊啊啊啊啊啊啊啊啊啊啊啊！」

「你是讓香菇長到什麼地方去了啦！」

「有什麼辦法呢。據說『映鏡菇』寄生後會長出來的位置，基本上就是從淋到孢子的範圍內隨機挑幾處生長。碰巧我在孢子噴出的那一瞬間，長袍就被風吹起來，結果全身都被孢子淋到了。你們看。」

晃！

「別亂甩！」

「是因為你沒有好好穿衣服，才會變那樣的吧！」

「不過這下傷腦筋了。它越長越大了耶。你們看。」

長在艾達飛基胯下的兩株菇菇漸漸膨脹……變得又粗又肥大。

「呀啊啊啊啊啊啊啊啊啊啊啊啊啊啊啊啊啊啊啊啊啊！」

「為什麼你那根原生菇也在長大啊！它跟寄生沒關係吧！」

「因為它不服輸又自尊心強啊。有血有肉的它跟我也是絕佳拍檔……你們可以把它當成棒狀的尤金來看待。」

「那你又是怎麼看待長成人樣的咱！多兩隻腳會自己走路的老二嗎！」

「反正請趕快把衣服穿回去啦！」

大叫的沙優娜隨即跪倒在地上。因為她全身乏力，變得沒辦法站穩了。

「噫……我、我使不出力氣……」

沙優娜試著使勁，想拔掉額前那株香菇，香菇卻絲毫沒有鬆脫的跡象。原本體力就不太好的沙優娜，在三個人當中好像對寄生最沒有抵抗力。

「咱勸妳最好別硬扯。如果妳不想變得跟**煮熟剝掉皮的番茄**一樣的話。」

「可、可是……再這樣下去，我就……」

「不要緊。『映鏡菇』有方法可以輕鬆拔掉。」

「真、真的嗎……？賢勇者大人……請快點告訴我……」

「簡單說呢，這種香菇會怕『與宿主相反性別的體液』。這表示寄生在男性身上，它的弱點便是女性的體液；寄生在女性身上，它的弱點便是男性的體液。」

「……直接讓我死吧……」

「這丫頭料到之後的發展就輕生了耶。」

「妳不能輕易放棄活下去！」

艾達飛基闊步走向倒地的沙優娜。他跟沙優娜不同，似乎還有力氣可以動。

接著，艾達飛基朝著沙優娜屈膝跪地，並且把腰往前挺。

「我們可以互惠互利！在我眼中妳起碼也算異性！換句話說，妳的唾液對我這根菇菇會是特效藥！也就是說這是不折不扣的醫療行為！來吧！」

晃！

「神啊……我死了也無所謂……拜託祢殺了這個人……」

「連魔王也很少被詛咒成這樣耶！」

這樣下去沙優娜會喪命——艾達飛基當場甩起了兩根菇菇。

「已經連片刻都不能猶豫了！我現在會盡全力擺動這對小弟弟，妳得趕快選一邊含進嘴裡！為了方便妳含，我幫妳打節奏！一二三四、一二三四！」

「咱認為你的腦袋才是被什麼東西寄生了吧？」

「倒不如說……賢勇者大人……請先處理我這根……」

「咦咦！」

「有必要那麼驚訝嗎？」

「呃，因為她突然要求先處理她那根……既然胸部這麼平，我看她果然是帶把的吧？」

「你的耳膜是加裝了聽什麼都會變黃的濾波器嗎！」

「……殺……」

沙優娜設法換了個伏地的姿勢，並把臉朝向艾達飛基。

「她靠著想殺你的念頭振作起來了耶……」

「感覺不錯。來吧，一口氣含進去！」

「……唔！」

喪命於此到底不是沙優娜所願。她做出覺悟閉上眼睛張開嘴，並擠出最後的力氣來面對眼前在各種意義上都很要命的生死二選一——

「好，現在發動馬賽克魔法！」

艾達飛基開口一喊，他的腰邊就多了團霧狀的模糊玩意兒，無論發生什麼事都只能隱約辨識。

「突然弄這個做什麼啊！」

「世上有許多不可違抗的力量。不能見人的東西也為數眾多。因此我詳加思索過了。反正只要打個馬賽克，應該就做什麼都沒關係吧。」

「你只是在擺爛嘛！因為這是小說，打上馬賽克也沒意義啦！」

「順帶一提，不能見人的部分會當成NG橋段，日後網路上自有地方看得到。」

「喂，你都學不乖耶！上部作品也是這樣搞才被罵的吧！」

「雖然我不曉得你在講誰的事情，總之這樣就能讓目前的情節變成普遍級了。」

艾達飛基放心似的鬆了口氣。然而，隔著馬賽克窺見的畫面，是女方正鼓起力氣把臉湊向男方胯下。儘管不曉得那是在做什麼——

「不對，你現在這樣可不是電擊文庫該有的場面，FRANCE書院文庫（註：日本出版社，多出版官能小說）才有這種戲啦！」

「竟有此事。那我是不是該多用一些擬聲詞？」

「你對FRANCE書院文庫是有什麼印象啦！」

「它教了我抽送這個詞的存在。」

「國文教科書嗎！」

閱讀能豐富一個人的學養。而且，還會在回憶中留下鮮明的一頁。

賢勇者仰望被群樹遮蓋的天空。不久，他語氣和緩地發出呢喃：

「本書正是以此為目標的一本高尚奇幻作品——」

「低級奇幻作品才對啦！」

然而卻立刻遭到了尤金否定。

「話說咱隔著馬賽克看不太清楚，你們倆現在是什麼狀況？阿基，你總不會真的就這樣胡搞瞎搞吧……？」

「尤金先生，名滿天下的電擊文庫怎麼可能允許那種悲慘的情節出現！」

「因為初稿就是那樣搞，咱才在擔心啊！」

「沒事的，尤金。不過這一幕有請繪師畫插圖，所以麻煩你也擺個姿勢。」

「原來插圖是可以當紀念照的嗎！」

尤金姑且朝半空比了V字手勢，心裡卻只有滿腔的空虛。

話雖如此，之前還撐著一口氣在動的沙優娜都沒有反應。該不會——如此心想的尤金，伸手撕開了圍繞在艾達飛基身上的馬賽克。

「地溝亮得刮鐵銹～」

（咱好想扁人……）

只見沙優娜果然已經精疲力竭，趴在地上昏倒了。

或許是好歹身為女主角僅剩的矜持發揮效用，她在最後關頭並沒有把棒狀的尤金含進口中。那副表情，還顯得有幾分自豪——

「實在好險。」

「各方面都很險。」

「好了，接下來呢。」

艾達飛基跟著就沒再多說什麼，默默地伸手把長在胯下的映鏡菇拔起。尤金見狀，也拔掉了長在兩頰的香菇。

「……其實為了預防映鏡菇，咱倆從一開始就施過抗菌魔法，她知道這件事以後，不曉得會有什麼反應。」

「應該會慶幸吧？順便感謝我們撥冗賜教。」

「你當她是接受面試的學生嗎！算了，反正映鏡菇已經到手了，回去吧！」

映鏡菇的簡易增殖方式及採取訣竅，就是事先用魔法使孢子變弱，再讓孢子淋到身上故意讓它寄生。尤金和艾達飛基看準了這一點，即使淋到孢子也能讓危害降到最低，不過沙優娜就另當別論了。尤金會氣她輕舉妄動，正是因為一行人只有沙優娜沒做這類防範措施。

不過，他倆對映鏡菇都很熟悉，因此就算沙優娜身上長出香菇，問題也不大就是了——

「是不是稍微鬧過頭了？雖然說她的性命無恙。」

「你光會鬧她吧……」

尤金在自己手掌上吐了口水，然後直接拔起沙優娜額前的香菇。簡直無法相信之前根部曾經那麼牢固，映鏡菇滑溜溜地便離開了她的額頭。就這樣，尤金將採集到的映鏡菇收進行囊，還把沙優娜抱在自己前面。

「哎，既然她想當我的徒弟，就得撐過這種小災難才行。」

「幾乎都是你自導自演的人禍吧！」

「我不否認，但這也是在觀察她的適應能力。雖然在才能方面並無突出之處，她卻有骨氣和運氣。擁有這兩項就大有可為。以此而論，她可說是難得的人才。只要好好栽培就會有出息喔，這女孩。」

「冷靜想想，要說運氣好或不好，咱怎麼看都覺得她走了霉運……話說都已經落到這種下場了，她還會想當你的徒弟嗎……？」

「哈哈哈。選擇的自由時時都在她手上。我是否就是賢勇者，又是否值得拜師，都讓她自己去思考就好。活著，應該就是如此。」

「你這樣收尾也不會讓事情變成佳話喔。」

*

——沙優娜，妳有夢想嗎？

——咦……

——哎呀，妳不想告訴姊姊？那我倒不會強迫妳說……

——不，不是的，姊姊，該怎麼說呢，我覺得當我談正經事時，就會有多餘的分子來攪局。不知道該說是預感還是預兆，我就是有這種感覺。

——呵呵，妳該不會是發燒了吧？居然講這種奇怪的話。不要緊，就算在夢裡談夢想，大多也會被當成夢的結局來收尾，不會影響到正篇。

——看嘛，姊姊身上也散發出讓人不安的預感了！

——順帶一提，沙優娜，我的夢想是**「請問兩位要不要聽我發現祖母有對粉嫩乳頭時的故事呢？」**妳要幫我保密喔。

——他來插嘴了！快醒來、快醒來，混帳！這種夢不作也罷！

——是嗎？這表示沙優娜的夢想，是在變成老奶奶以後仍保有粉嫩的乳頭嘍？

——當時我可驚訝了。老太婆的乳頭，印象中只會像畫太郎筆下角色或桑原和男那樣嘛。而我祖母的卻粉嫩到連薄本魔法書都要甘拜下風……

——姊姊！那傢伙並不是我！還有我的夢想才沒有展望得那麼遙遠！我對老後還沒有做任何規劃！

——你說的桑原和男是誰啊？

——是異界的劇團演員。

——你們兩個不要當成沒事繼續聊下去啦！解散！大家解散！散場！

「散場啦啊啊啊～！」

「咱想問，你怎麼會對異界的劇團演員這麼熟……啊，她醒來了。」

「早安，沙優娜。妳睡得滿頭大汗呢。莫非作了惡夢？」

「是啊，一場糟透了的惡夢……」

氣喘吁吁的沙優娜撐起身體，同時朝周圍看了一圈。她記得，自己原本想設法處理掉艾達飛基胯下寄生的香菇——目前的所在地卻不是那片樹海，而是在感覺舒適的木屋之內。還有，沙優娜似乎躺在床鋪上。

看來，是他們倆把她抬到這裡的。

「那個，對不起。請問我究竟是……？我的記憶有點模糊，只記得所有人都被香菇寄生，之後的事情就……」

「當時妳打算替我安撫棒狀的尤金——」

「那些廢話可以免了啦！呃，妳被寄生後就立刻昏倒了。後來咱跟阿基把問題搞定，就帶妳回來這裡了。啊，這裡是阿基位在樹海盡頭的家。」

「嗚嗚，我總覺得一回想就頭痛……」

「唔嗯。該不會是替往後預留的伏筆？」

「是她的防衛本能吧。」

回想起來也只是悲慘的故事而已，尤金就選擇幫沙優娜的一部分記憶加上了蓋子。

「說到這個，請問香菇最後變得怎麼樣了？」

「我們順利採集完成嘍。」

「這樣啊。奇怪？但是我記得，那種香菇拔了就會……」

「這麼說來！妳知道映鏡菇的功用嗎！」

這丫頭老想要回憶當時的狀況——尤金連忙改變話題。到頭來，這次他們倆要採的映鏡菇，到底是有什麼效果的香菇呢？沙優娜偏頭表示不解。

「比方說，味道非常可口嗎？」

「味道不怎麼樣喔。不過，若直接服用映鏡菇，它倒是富有滋補強身的營養，對下半身更能發揮絕大的效力。在煩惱不舉的中年男性間廣受歡迎呢。」

「下半身……唔，我的頭。」

「都叫你別廢話了吧！啊～因為咱是商人嘛，市場有這種需求，咱就會採來做生意。不過，阿基不一樣。」

「不一樣是指……？」

「某種祕藥的原料，會用到曬乾磨成粉的映鏡菇。我這次接受的委託，就是要調製那種祕藥並且把東西送到。」

「委託？賢勇者大人，請問您有經營什麼事業嗎？」

「**我在當救星的救星**。」

「咦？」

為什麼同樣的詞要重複兩次，沙優娜並沒有聽懂。艾達飛基大概是看出了那一點，立刻接著把話說下去。

「這算是一種比喻，精確來講，我也不太明白自己在從事什麼行業。不過，我的祖父以賢能引導眾人，我父親則是以勇武拯救眾人。跟他們倆做一樣的事也沒有意思，因此我才會在夾縫中尋找創業空間。」

「尋、尋找創業空間……？」

「他這套想法有點彆扭對吧。」

「說起來，我認為自己的任務是『拯救救人者』。宮廷魔法師、王國的騎士團長、傳奇傭兵、王公貴族……這類人士還滿多的喔。本身處於負責伸出援手救人的立場，卻也希望獲得援助。因此，我才想到人稱賢勇者的我，是不是該把援救這類人士視為己任。不過，視情況而定，我也願意幫助任何人就是了。」

「沒想到……還挺正派的耶，真是嚇了我一跳。因為我本來對賢勇者大人只有不太好的印象……」

「哈哈哈，還真是誠實啊。這其中也有一部分原因是我討厭從事一般的工作就是了。」

賢勇者艾達飛基——他的本質，似乎並非讓人搞不清楚在想什麼的變態。話雖如此，要說他正不正常，肯定也不算正常人。

尤金無視於在深思些什麼的沙優娜，替話題做了總結。

「所以呢，妳接下來有什麼打算？這裡是樹海盡頭，阿基的住處。之前也說過，人稱賢勇者的高人，除了阿基以外沒有別人了。不論妳再怎麼懷疑，要拜賢勇者為師就只能向阿基低頭，不要的話就得穿過樹海回去。咱之後還是要穿過樹海回城鎮，所以也能送妳一程。」

「以NPC來說真是完美無缺的說明臺詞呢。」

「還有妳想幹掉這傢伙的話，咱也會幫忙。」

「……賢勇者大人，請問您會用多少魔法呢？」

「要問會多少，我也說不上來。畢竟書本裡有什麼我便學什麼，我想應該還算多吧。」

「啊～他差不多什麼都會喔。咱敢保證的只有這傢伙的才華。為人就不好說了。」

「…………假設我成為您的徒弟，可以成長到什麼程度呢？」

「這也是個難以答覆的問題。假如妳要當我的徒弟，形式基本上會是一面協助我工作，一面依妳的程度從中學習。過程裡妳會有什麼改變，沒試過就不知道。畢竟我也幾乎沒收過徒弟。」

雖然還有存疑的部分，但是沙優娜幾乎已經乖乖地認同，艾達飛基就是賢勇者了。倒不如說，此刻沙優娜本來就沒有回去的選擇。無論艾達飛基是真貨還是假貨，只要他不排斥收徒弟，沙優娜都只能答應。這是因為，她已經**沒有地方可回**了。

沙優娜走下床鋪，深深地低頭鞠躬。

這一刻，就是她主動決定向這名男子拜師的瞬間。

「我……是個無知、無力又無謀的凡人。不過，我的求學之志並無虛假。您吩咐什麼我都會照做，若是您覺得我不成材，隨時想棄我而去也沒關係。儘管我就是這麼不中用——請問您願意收我為徒，將我培育成材嗎？」

「好啊，我沒差。」

「阿基，你講話很隨便耶……」

「只不過，我有一個條件。往後，請妳不要稱呼我賢勇者，叫我老師就好。因為每個人都管我叫賢勇者，希望收妳為徒以後，起碼可以聽到不同的稱呼。」

「——好的！請多多指教，老師！」

（這丫頭一下子就做了決定，可是咱認為她八成會後悔……唉，算了。）

「那麼，事不宜遲，請妳把衣服脫了。」

「……咦？」

師父突然提出的要求，讓沙優娜瞪大眼睛。

「所謂徒弟，就是老師所說的一切都絕對會服從的存在。來，請把衣服脫了吧。」

「請、請您等一下！雖然扭曲的師徒觀也讓人敬謝不敏，可是為什麼要特地叫我脫掉衣服呢！」

「我有幾種已經發明出來，卻還沒試用過的藥。現在正好有機會，就想塗在妳身上。」

「好像也不必加『難道』了……老師是把我當成實驗動物才收留的嗎？」

「我忘記說了，往後請妳務必陪我做實驗。要是妳拒絕就斷絕師徒關係，我會直接把妳丟進樹海，這點妳可要記在心上。」

「這項條件的嚴重程度不是一句『忘記說』就能帶過的吧！」

「哎，咱敬佩妳。正常人倘若要拜阿基為師，可以說就像判了死刑。而妳自願做了這樣的事情。嗯～真夠猛的。那咱要告辭了。」

「……尤金先生，我看還是請你送我一——」

沙優娜追到了準備離去的尤金後頭，身體卻突然僵住不動。

「教到一半就讓妳溜掉也很困擾，因此我趁早締結了師徒契約。這樣一來，妳沒有我的允許就不能逃跑，身體會像現在這樣僵住不能動。」

「法律是禁止不正當契約的耶！」

「何來不正當，這很正當啊？既然是妳自己拜阿基為師的。」

「就是這麼回事。哎，假設妳成長到可以解除契約，要獨自穿越樹海，實力應該也完全不夠，請不要以為這麼容易就能從我面前逃掉。」

「好、好恐怖！這個人好恐怖！」

「他講話就像頭目級角色嘛……」

「來吧，感覺以後的日子會變得很有意思。請妳多指教嘍，沙優娜。」

「尤金先生！請你在回去以前留一把短刀或什麼下來！」

「要收錢的喔。畢竟咱可是商人。」

「怎、怎麼這樣！那我要用什麼方式對付老師才好！」

「剛拜師就計劃要對付自己的師父，妳會成大器呢。」

「受不了你……阿基，別欺負她欺負得太過頭喔。好啦，咱還會再來的。掰。」

說完，行商者尤金就離去了。屋裡只留下對往後生活滿懷不安的徒弟，還有嘻皮笑臉的變態。

日後將馳名於世的賢勇者及其徒弟，就此成為師徒。

據說徒弟自此便開始計劃要殺害師父，至於事情是否屬實就無人能知了——

《第二話　終》

THAT WAS THE ORIGIN OF ALL TRAGEDY.

第三話◎魔王與徒弟

Great Quest
For
The Brave-Genius
Sikorski Zeelife

「天氣真好呢～來晾洗完的這堆衣服正好。」

沙優娜一邊仰望萬里無雲的藍天，一邊這麼嘀咕。平穩過一天——她最近冀望不已的就是這樣的日子。

——轟隆隆隆隆隆隆隆隆隆隆！

「艾達！余要毀滅人類，來幫忙！」

「FU●K……」

但是她當然過不到那種平穩的日子，來訪者隨巨響和衝擊出現了。沙優娜側眼看著被震飛的衣物與洗衣籃，幽怨地吐出一句咒罵。據說那好像是異界在用的咒罵之詞。

大概是沙優娜這陣子心臟已經練得夠硬了，她並沒有十分恐慌。猛然一看，艾達飛基的住處前面被轟出了大窟窿。來者似乎不是用瞬移魔法，而是從天飛降。莫非隕石擬人化了？沙優娜茫然地這麼思索。

「……唔？妳是何人？」

「那是我要說的臺詞耶……」

從大窟窿裡爬出來的，是個頭髮鮮紅的少女。身高比沙優娜矮，臉孔也留著一絲稚氣。然而在另一方面，讓沙優娜沒得比的胸圍又不知作何解釋。沙優娜不由得感到煩躁。

少女微微偏過頭，直盯著沙優娜。直到此時，沙優娜才發現來者並不是普通的人類。

（她認為從天而降仍算在人類的範疇。）

「咦？妳、妳有角……和尾巴？」

「那又如何？余乃魔族，把路讓開。」

一對黑漆漆的角，還有柔韌可動的尾巴。兩者都不是人類會有的，而且少女稱自己為魔族。儘管沙優娜以往遇過許多種魔物，但是跟魔族就實在沒有交流了。她「咕嘟」一聲吞了口口水，然後出聲應對。

「請問，妳找老師有什麼貴事嗎？」

「唔嗯。跟賤民沒什麼好說的。難不成妳是包打聽的？那就別廢話了，讓路。」

（她之前好像說過要對人類怎樣……）

假如這名魔族少女是惡徒，沙優娜身為徒弟就必須把她趕走。可是，沙優娜連要打倒壞人都未必有能力，自然更不可能贏過隨手即可輕取人類的魔族。

不過就算碰上魔族，她的師父艾達飛基八成也有辦法對付。

想法頗為理智的沙優娜，打算先回屋裡叫師父。

「剛才聲音還滿大的，怎麼了嗎？難道有隕石型的信差——」

「噢，艾達嗎！好久不見！余來嘍！」

「還以為是誰呢，原來是赫夜小姐。妳今天一個人來？」

「嗯。余已經可以一個人出門了！」

「真了不起呢。長得亭亭玉立……」

「老師你說話都在看哪裡？」

艾達飛基只看著胸口，沙優娜就怪罪似的對他嘀咕。另一方面，被稱作赫夜的少女則是「嗯哼」一聲挺起了胸脯。看來他們倆早就認識，但沙優娜完全不曉得他們的關係。總之她拽了拽師父長袍的衣襬問：

「老師，請問她是誰？剛才她好像說自己是魔族耶……」

「唔。喂，艾達。那個問東問西的賤民是幹什麼的？你新養的奴隸嗎？」

「妳們何苦從兩邊一起向我搭話。這樣一來，我不就只能先回答胸部大的那邊了嗎？她是奴隸。」

「這樣啊，奴隸是嗎！那她也是余的奴隸嘍！」

「老師，我會殺了你喔？」

「說笑的啦，沙優娜。這陣子妳散發殺氣的技巧突然有了長進呢。」

「喂，奴隸！帶余到艾達的家裡。這是命令。」

「……我才不是奴隸。我有沙優娜這個名字，還是老師的徒弟。妳要用這種沒禮貌的態度，我就不幫妳領路。」

沙優娜強悍地回嘴，連艾達飛基也不禁感到佩服。

另一方面，赫夜大概是被她那樣的態度激怒了，眼神因而變得銳利，還露出利牙發出了低吼。

「妳似乎不懂所謂的立場呢，奴隸。哭著求饒也已經來不及嘍？」

「唔……殺、殺了我的話，妳會觸動老師的逆鱗喔！」

「——此話當真，艾達？」

「咦？逆鱗？那是某種稀有素材嗎？」

「連他聽了都一頭霧水不是嗎！」

「這就是這個人在發脾氣的表情。難道妳不曉得？」

「唔——余、余當然曉得！妳想愚弄人嗎，奴隸！」

「跟妳說過了，我才不是奴隸！請回吧！」

「余才不回去，蠢蛋！」

「罵、罵人蠢蛋的自己才是蠢蛋！妳這蠢蛋！」

「這下頭痛了。原本該負責吐槽的沙優娜，跟身為新角色的赫夜小姐起了口角。這樣就算我耍寶，也沒有人會理我——對了！」

艾達飛基靈光一現，在半空畫出巨大的圓形符號。而那閃爍了一次之後，就像排出口似的吐出了某種東西。

沉沉一聲，掉在地面上的是——全身赤裸的尤金。

「…………啥？」

「該你上場嘍，尤金。」

「呀啊啊啊啊啊啊啊啊啊啊啊啊啊啊啊啊！」

「何、何來的孽畜唔唔唔唔唔唔唔唔唔唔唔唔！」

「…………不是吧，咦？啥？」

「該你上場嘍，尤金。」

「上什麼場？咱說正經的。」

「請你阻止她們兩人。現在的你應該辦得到。」

「欸，阿基，你聽著，咱剛才還在跟女生約會，要講的話，還滿有進展的。是說咱都準備跟她上床辦事了，所以咱才沒穿衣服，這樣說你懂嗎？」

「那樣正好！」

尤金使盡全力，一拳打在艾達飛基的臉上。由於有類似樹枝折斷的聲音響起，八成是鼻梁附近的骨頭碎掉了。艾達飛基噴著鼻血飛了出去。

「噗哇！」

「好個屁，你這混帳東西！你真的從以前就老愛搞這種飛機！難道是抓準了機會要整人嗎！你說啊！」

「因為你之前說過……第三話也有你的戲分……」

「聽你在鬼扯！」

「喂，那、那邊的變態！不許你再對艾達動手！余要教訓你！」

「少囉嗦，放馬過來！咱都已經赤條條了！沒啥好怕的啦！」

尤金徒手將赫夜發射的光彈拍落，還順勢闊步走向她。

「噫噫噫噫噫噫噫噫噫噫噫！停、停下來，變態！叫你停下來聽到沒有！救、救救余，艾達！」

儼然就是即將出大事的瞬間。

「尤金先生變得腦袋不對勁了……」

「大概是他很中意這次約到的女童吧。」

「老師你怎麼傷勢都已經好了……等等，請你快阻止尤金先生啦！」

「他從小就這樣，一發飆就會很可怕。要動手的話比我還強，因此沒辦法。」

「那個人到底是什麼來歷啊！」

照理來說，他不是行商者嗎——將沙優娜的疑問丟到一邊，艾達飛基姑且把手舉向尤金。再這樣下去難保不會出事。

「更重要的是，赫夜小姐在本作是寶貴的女角。而且還填了巨乳角的缺——她的存在價值跟只有一片斷崖峭壁的沙優娜不能比！要趕快救她！」

「老師是不是不嗆我就沒辦法採取行動？」

「必殺！落坑術！」

「都不聽人講話的嗎！」

「咚」的一聲，尤金從他們三個的視野裡消失了。

如果要敘述得精確點，就是他掉進了突然在地面冒出來的洞。這正是艾達飛基的必殺魔法，「瞬間挖洞給人跳」。

「得、得救了……艾達，余向你道謝。改日再來獎賞你。」

「可是原因根本就出在這個人身上……」

「惡徒就此得到了懲治。沙優娜，下次我也會教妳這套魔法。」

「感謝歸感謝啦，可是一般會把自己的朋友叫成惡徒嗎，老師？」

「不過這洞可真深。艾達，這有多深啊？」

「我想想。以異界的單位來算差不多十公尺。」

「深到足以當場致命了嘛！」

「唔嗯……余不懂異界的單位……」

坑底一片漆黑，什麼也看不到。儘管是常人摔下去穩死的深度，大概是出於哥倆長年交情的信賴，艾達飛基又用傳送魔法召喚尤金的衣服，然後扔進了坑裡。這表示他應該會穿上那些衣服爬出來才對。

「總而言之，看兩位冷靜下來我就放心了。不可以吵架喔。」

「有這種勸人冷靜的方式嗎……」

「余可不想看陌生人的裸體……」

「那麼，重新做個自我介紹吧。她是沙優娜。我的徒弟。」

「……妳好。」

「原來妳不是奴隸啊……也罷。余乃『赫夜・雅媞麗亞』。真名太長故省略不提。系出正宗的魔族，終成統御眾魔之主。」

「簡單來說就是魔王。」

「……咦？」

「別一副傻楞楞的樣子，賤民。用不著那麼吃驚吧？」

「呃，與其說吃驚……」

魔王──那是從前折磨過人類的元凶。以壓倒性力量屠滅人類的萬般強者，還統率原本行動如散沙的眾魔物，將其整頓為一支軍團。結果就是長年以來面對魔王，人類都一直飽嘗苦頭。

然而，打倒那位魔王的英雄終於出現了。他名叫「杜瑞深」，也就是艾達飛基的父親。出面替魔軍時代劃上休止符的他既是英雄，更是名號應會流傳至後世的大豪傑。就算是原本不諳世事的沙優娜，也曉得這點知識。

「……說到魔王，不是已經被老師的父親打倒了才對嗎？」

「那是余的父親。余乃前任魔王的獨生女，亦即現任魔王！」

「當時她還小，我那對女童不感興趣的父親似乎從未對她出手。」

「說令尊沒出手傷害年幼的少女不就好了嗎？」

「哼。那是人類犯下的最大錯誤。沒動手殺余，將來定會讓你們後悔。」

「另一方面，跟我父親一同冒險的尤金父親，劍士『侯聿』，據說看到她就變了眼神。至於有無此事則未有定論……」

「老師隨口就透露了尤金先生的出身……還有，那個人的血統受了詛咒呢。」

「別講得好像咱完全繼承到他那種血統！」

穿了衣服的尤金從坑裡爬了出來。雖然身上沾滿了土，卻沒有明顯外傷。先不談艾達飛基，這個行商者是不是也挺像怪物的啊？沙優娜一邊用略顯鄙視的目光看向尤金，一邊心想。鄙視的理由則在於受了詛咒的血統。

「原來你無恙啊，尤金？」

「你為什麼傷勢已經全好了？」

「吐槽的角度真是犀利耶……雖然沒受傷的尤金先生自己也半斤八兩就是了……」

「艾達，這變態是何名堂？」

「有戀童癖的暴露狂啊。」

「沙優娜小姐，有沒有多的武器？咱要幹掉這些傢伙。」

「果然女童以外都是你的敵人嗎？」

「咱連妳也一起宰了。」

或許是怒氣未消的關係，今天的尤金頗有攻擊性。然而，艾達飛基對他理都不理，就帶動話題說：「總之大家先進到屋子裡吧，請。」原本以為尤金會直接回去，沒想到他也跟著進屋了。

「所以說，赫夜小姐。今天妳找我有何事？」

「唔嗯。艾達，余差不多想毀滅人類了。來幫忙。」

「啥？這女的真危險。幹掉她吧。」

「尤金先生，你還在生氣對不對……」

又是毀滅又是把人幹掉的，這殺氣騰騰的空間是怎樣——儘管沙優娜心裡這麼想，卻沒有說出口。

「何苦叫我幫忙呢。我屬於妳說的人類，可不會乖乖點頭答應喔？」

「這點余明白。余另有事情相求，希望你能幫忙。」

「具體來說要幫什麼？」

艾達飛基如此詢問之後，赫夜的臉就變得有點扭曲。她似乎頻頻在偷看沙優娜還有尤金那邊。接著，赫夜緩緩開口吼道：

「那邊的賤民和變態！此乃余和艾達的密談！無關的下人滾一邊去！」

「恕我拒絕。因為跟隨老師是徒弟的義務。」

「要走也可以，但是咱不爽妳的態度。所以咱要留下。」

「唔唔唔……艾達！這些人怎可如此無禮！余乃魔王耶！」

「咦？原來這女的是魔王？那不就真的危險了嗎？幹掉她。你不動手就由咱來。」

「赫夜小姐並沒有那麼危險。你無須動手。」

「不，余當然是危險的！余可是統御眾魔之主！」

「客觀來看，講話讓人覺得最危險的是行商者，這究竟出了什麼狀況呢？」

結果，沙優娜和尤金完全不肯妥協，於是赫夜只好讓步。她大概是認為再爭下去會沒完沒了。赫夜清了清喉嚨，然後吸進一大口氣。

「——余沒有部下！」

「啥？」

「此、此話不說第二遍。余也有所謂的矜持。因為是在艾達面前才會坦言，原本那邊的賤民跟變態可是連旁聽的權利都沒有。」

「由於欠缺說明，我便擅自補充了。這表示赫夜小姐目前正為了部下不足而煩惱，這樣理解無妨吧？」

「…………嗯。」

赫夜害羞似的微微地點了點頭。她好歹是魔王，竟然還會煩惱沒有部下，這原本應該不是可以輕易向人透露的事情才對。以人類而言，就好比對外宣傳：「我一個朋友都沒有～」沙優娜認為那樣的確很不好意思。

「順帶一提，妳現在有幾名部下？」

「…………一名……」

「那還真是推心置腹的親信呢，對吧？」

「之前她還說『余乃統御眾魔之主』……」

「統御個屁。」

「囉、囉嗦囉嗦閉嘴閉嘴！無禮之徒！你們以為余是誰？」

「統御眾魔之主（笑），對不對？」

「虧妳還敢厚著臉皮對咱自稱魔王……那算店名叫魔王的自營業嗎？」

「他們倆抓準了機會奚落妳呢。」

赫夜都變得淚汪汪了。看來她對此真的有自卑情結。

要當魔王必須霸居最強之位，以人類的情況來講就是擔任一國之主，同時還得在群體裡成為領頭者。靠力量建立奠基於本能的規範，進而領導欠缺秩序的魔物，結果在人類看來就成了統御魔物之主，這才是魔王最令人畏懼之處。

或許赫夜在血統上確實是魔王；以領導者來講卻有過於年輕的致命罩門。更重要的是，她在魔物與人類的爭鬥結束後才崛起，因此各方面都缺乏經驗。

魔物們並不團結。空有血統卻毫無實績的赫夜發號施令，根本沒辦法服眾。

——以上內情是由赫夜低聲透露，再由艾達飛基大聲做出補充。

「咱聽起來覺得像富二代接手後就家道中落的故事……」

「之前擺那麼大的架子，一問之下卻外強中乾耶～」

「唔姆姆姆……」

「對了，沙優娜。妳有朋友嗎？」

「哼哼，請不要看扁我喔，老師。以前我家有隻狗狗跟我感情很要好！」

「被問到有沒有朋友，頭一個講出來的卻是狗，咱覺得這已經夠糟糕了喔？」

「沒想到居然是相同水準，為師的開了眼界。」

「欸！不是都說狗狗是人類最好的朋友嗎！請你們不要把狗狗看扁了！」

「咱看扁的不是狗，而是妳啦。」

要不然你們有朋友嗎——沙優娜原本想反問回去，可是冷靜想想就發現他們倆是童年之交。沙優娜當下便已經輸了。

「我除了尤金以外還有其他朋友。跟妳那隻狗……跟妳可不一樣。」

「咱是不太好意思啦。沒想到妳只跟人類以外有交友關係。」

「哼。就連余都還有一名部下。終究是賤民——落單到只剩一條狗用以自慰。」

「聊以啦！」

「我才沒有落單……狗狗很可愛嘛……」

「唔嗯。那麼差不多該進入正題了吧。」

艾達飛基挖完徒弟傷口以後，就開始思索赫夜缺部下的問題。說起來這是與魔族連成一氣的利敵行為，但這位賢勇者好像不會受那些所束縛。

或者，他還有什麼更深奧的想法——

「總之夢魔、拉米亞和鳥身女妖這些都不能少。當然全要找巨乳。」

——不，他沒有。腦子裡只有性慾嘛。沙優娜嘆了口氣。

「你有什麼法子對吧，艾達！」

「是啊，我有。」

「欸，阿基。這女的再怎麼說也是魔王吧？隨便幫忙她行嗎？」

「對此我也感到有些猶豫。如果故事就這樣規規矩矩地講下去，第三話直到結束都迎接不了什麼高潮……那樣可不好。」

「第三話？喂，賤民，艾達為何不時會講一些莫名其妙的話？」

「因為他這個人不正常。」

「咱說啊，別順口就講出這種足以讓妳被逐出師門的難聽話啦……」

在無關倫理的部分，艾達飛基似乎有他的想法。

賢勇者露出苦惱的模樣，思索了半餉，後來隨著一聲「有了！」，並站起身子。看來這傢伙是想出什麼歪主意了——尤金靠長年的直覺洞察到。

「『看看誰比較會服侍第一屆大賽』即將開始，叭噗叭噗～！」

「…………」

「…………」

「嗯……？」

「好的，那我已經準備好女僕裝了，請沙優娜和赫夜小姐就在這裡換上。」

「虧老師在這種氣氛中還能主持耶。」

「你那顆心臟是祕銀鍛造的吧。」

「來個人說明讓余也能聽懂！這到底是要做什麼！」

「……這樣說雖然怪怪的，她身為魔王還滿正常的耶。」

「咱是覺得她亂沒個性的啦。」

「為什麼你們講著講著就開始愚弄人了！余可是魔王！」

「這女的會的詞太少了吧！」

艾達飛基無視於嘰嘰喳喳的另外三人，已經把兩套女僕裝準備好了。為什麼老師會有這種玩意兒？當徒弟的已經沒有如此插嘴發問的常識。會有的東西就是有——這便是在艾達飛基住處生活的竅門。

艾達飛基拍了拍手，叫所有人注意。

「呃，不好意思在你們聊得正興奮時打斷，現在我會發表比賽的用意。從人道的觀點來看，要我放手幫赫夜小姐的忙，並非全然沒有令人抗拒之處，因此我想讓自己的徒弟沙優娜跟她做個較量。恰好妳們倆似乎也不太合得來嘛。只要赫夜小姐贏過沙優娜，我就會無償履行委託。」

「……余輸掉的話呢？」

「恕我無法在紙面上告知。」

「老師這樣回答是最可怕的……」

「你是打算幹嘛啦？」

「出版的分級尺度會改變，我只能先這麼告訴各位。那麼在揭曉比賽內容之前，請妳們先在這裡換上女僕裝！動作要快！因為插圖會安排在這一帶！」

「插圖……多麼悅耳的字眼。嗯，感覺不壞！余就親手來把那邊的賤民修理一頓！」

「故事編得這麼牽強不要緊嗎？這部小說。」

「妳有沒有發覺自己講話也慢慢向師父（那傢伙）看齊了？」

因為如此，沙優娜換得不甘不願；而赫夜倒是興致勃勃地換上了艾達飛基交給她們的女僕裝。（在房間外頭）

「我換是換好了……」

「久等嘍！」

艾達飛基與尤金看到她們倆出現，就同時發出聲音。

「貧富不均。」

「民主主義。」

「你們那是什麼含有惡意的比喻！」

「艾達曉得好多余不懂的詞呢……」

女僕裝本身屬於在王城或貴族屋邸會看到的傳統款示。好似要與黑底洋裝形成對比一般，利用純白圍裙與其形成搭配。而且在肩頭、袖口和下襬都綴有可愛的荷葉邊，也就是一般所謂的洋裝圍裙。此外，她們倆都戴上白色髮箍作為頭飾，弧邊附有蕾絲，造型十分可愛。儘管沙優娜和赫夜的本職都不是女僕，光看外表仍具備美少女的姿質，因此撇開客套話也稱得上相當合適。

另外，洋裝圍裙的款式屬於長裙。艾達飛基對這一點有強烈的講究。他表示裙子下襬偏短的女僕裝不入流，但並沒有引起其他三人多大的共鳴。

只不過——哥倆注目的並非整體扮相，主要都在看胸部。沙優娜是一座失足就會摔死人的斷崖峭壁；相對地，赫夜就有隆起的雙峰，感覺還繃得很緊。

這是因為兩套女僕裝都出於艾達飛基之手，而他能夠丈量尺寸的對象就只有苗條到天長地久（已經沒藥救之意）的太平教徒，更正，愛徒沙優娜而已。

「大致就這樣嘍，供插圖參考的一長串業務性描述加進去了。」

「業務性描述是啥！」

「請老師不要這樣啦，講得好像被要求才寫的一樣！」

（余這套衣服好緊。）

於是在東拉西扯之間，女人對女人的醜陋爭鬥就此點燃火頭——

「那我來說明規則。那邊準備了許多道具，請兩位就用那些來服侍我們。服侍得分高的一方就是贏家。時間限制為數頁篇幅！」

「樹葉蝙蝠……？」

「阿基講的那個不是時間單位啦。」

「倒不如說，規則訂得超模糊的耶……連五歲小孩都能想出比老師完善的規則喔。」

「『向主人頂嘴／扣十分』……好了。」

「比賽已經開始了嗎！」

「服侍這種事沒有在喊預備開始的啦，沙優娜小姐。」

「怎麼連這個人都有點樂在其中……還特地講那種像是格言的歪理……」

「『這丫頭令人不爽／扣二十分』。」

「我光是講話就會陷入困境！」

「忘記告訴妳了，輸給赫夜小姐的話，妳就要受FRANCE書院文庫之刑喔。」

「極刑嗎！」

「說得沒錯——到時候且讓我透過FRANCE書院文庫來增進妳的學養吧。就在語彙運用方面……」

「阿基，跟你說過那不是國文教科書啦！」

「我、我才不懂抽送這種詞是用來描述什麼的……！」

「別現在就準備受教！還有妳光顧著講話，都沒有過來服侍嘛！」

赫夜早就開始精挑細選要用來服侍艾達飛基的道具了。

她那副模樣非常認真，跟作品風格完全不搭。倘若不是靠著魔王這種壓迫人的地位，活躍程度似乎會連路人都不如——沙優娜對敵人置以殘酷的評語。

角色定位已有危機的魔王赫夜帶著充滿自信的笑容，同時拿起用來服侍的道具。

「余的城裡也有女僕！換句話說，只要學她們做一樣的事，余的勝利便無可動搖！」

「這女的感覺好耀眼……」

「赫夜小姐太缺乏邪念，這一話的內容本身似乎會被退稿呢。」

「那就別端這種角色出來嘛……」

「你們倆在嘀咕些什麼？來吧，艾達！背對余這邊！」

「我明白了。妳大概是要替我揉揉肩膀吧？」

赫夜緩緩靠近轉身背對她的艾達飛基。仔細一看，她手上雖然有裁縫用的線，卻沒有針。這女的到底想幹嘛──當尤金這麼思考的瞬間，赫夜就拿線綑住艾達飛基的脖子，並且用雙手奮力往外側一扯。

「受死吧！」

「從服侍變成服弒啦！」

「唔喔啊啊啊啊……！」

「老、老師…………………！啊，我也來找一下服侍用的道具好了～」

面對師父陷入的困境，徒弟選擇裝作沒看見。甚至可以感覺到當中的心思是：乾脆讓他死一死。

另一方面，赫夜帶著光彩煥發的表情，用上全力想要艾達飛基的命。連殺手都要自嘆弗如的服弒技巧，已經使賢勇者臉色變得像熟透的葡萄一般。然而，線的韌性似乎先認輸，「啪」的一聲就斷成了兩截。任務失敗！

「唔嗯……這條線沒能撐住啊。」

「喂，你還活著嗎，阿基？」

「『絞首助興／加二十分』……」

「這樣還加分！」

「啊，都結束了嗎？妳為什麼想要殺老師呢？」

「啥？賤民，所謂女僕不就是時時都想要取主子性命的存在嗎？以往那些女僕，也曾經千方百計試圖暗殺余。哎，雖然全被余反制回去了！」

「哦～（淡定）」

「妳沒興趣就不要問她了啦……」

沙優娜完全未因魔王可悲的家庭環境而動容，還一副輪到自己表現地用托盤端來了茶具，並且著手奉茶。這可以說是女僕的經典套路，而她似乎準備與主人共度午茶時間。

「讓您久等了，主人。請用紅茶。」

「沒想到有模有樣的呢。胸部沒料，演技卻很實在。」

「我手滑了！」

沙優娜把茶壺扔向艾達飛基。然而，艾達飛基輕巧地閃過了。

乒、啷——陶製的茶壺摔得粉碎。

「『殺意／扣十五分』……好了。」

「這是哪兒的話，主人。我是在為您呈現迷糊女僕呀。」

「沒有人自己講的啦。」

「哼。妳扔得太輕了。若沒有使勁用砸的，連邊都擦不到。換成余的話，剛才那一丟鐵定能讓艾達全身燙傷！」

「然後這女的始終沒搞懂比賽主題嘛！」

「從剛才就嘮嘮叨叨又對女童有興趣的這位主人，請您別客氣，也來杯紅茶吧。」

「『這丫頭超令人不爽／扣四十分』……哎，咱喝就是了。」

尤金端起杯子就口，並且緩緩地喝起紅茶。那模樣相當有平民感，毫無優雅或秀氣的身段。受到詛咒而對女童有興趣的血統，讓所有格調都毀了。

「請問味道如何呢？」

「首先泡紅茶時應該要用冷卻過的開水啦。泡茶的水有雜味就會抵消掉茶葉原本的甘美，這妳懂嗎？還有泡紅茶的適宜溫度大約在七十至八十度。用滾水一下子倒進去會讓茶葉泡不開。再講究一點的話，茶杯也要預熱到與體溫相近的程度，否則從茶壺把紅茶倒進冷透的茶杯，茶溫不就被抵消掉了嗎？連這些訣竅都不懂，總之先裝模作樣地把茶泡出來的那副嘴臉，讓咱看不慣。至於咱要給的評價嘛，扣十分。還有咱對女童沒興趣啦，妳耍寶多講了這句，再扣二十分。」

「嘮叨！」

就算看不出身段，尤金品茶仍挑剔得像個小姑。沙優娜忘記自己女僕的身分，忍不住就罵了出來。此外，尤金對紅茶並無研究。

「哎，把紅茶泡好放在那裡的是我啦，尤金。」

「哦？平時你們都是由誰負責弄這些的？」

「我啊。因為沙優娜不會燒飯洗衣。」

「居然是個飯桶。」

「我、我目前正在拚命學！而且我也有幫忙！晾衣服和收衣服都是我負責的……！」

「呵呵，就是啊。我一直都很感謝妳。」

「你是特地讓小孩幫忙做簡單家事的老媽子嗎？」

尤金對這兩人平時的生活有了一絲好奇。艾達飛基本來是一個人生活，因此別看他那樣，做家事還挺有要領的。另一方面，沙優娜幾乎不懂做家事。雖然模仿女僕似乎挺有兩下子，卻徒具其表。簡單來說呢——要扣分！

當沙優娜正在被欺負時，平庸的魔王拿起拖把，朝半空揮來揮去。可有比這更難料想接下來比賽會如何發展的準備動作？

「變態！你站到那邊！」

「為什麼要找咱啊……」

「要是敢動余就殺了你。不過你只要乖乖別動，余可以在轉眼間將你葬送。選擇喜歡的死法吧！」

「別搞這種裝成二選一的單選題啦。」

「多重意義的清汙除穢呢。」

「去死吧！」

赫夜用全力揮動拖把，發出了超越音速的衝擊波。其威力再不濟也是魔王等級，艾達飛基住處的玻璃窗因而碎裂，桌子和椅子，外加沙優娜都被震飛了。這種招式要是直接命中，應該會讓人類粉身碎骨。

然而，尤金以左臂接下拖把，並且硬將拖把從赫夜手中抽離搶走，還用拖把柄猛力打在她的小腿骨。趁赫夜痛得停頓，尤金又以上段的架勢拿拖把劈落，重叩魔王腦門。

「唔哇啊啊啊！」

「『步伐不夠深入／扣二十分』。」

「機戰的精英兵？」

「這次是赫夜小姐太莽撞了呢。畢竟尤金的格擋等級是9。」

「才第三話那個人就在非人級的競爭中衝上首位了耶……」

所以他為什麼要當行商者啊？沙優娜不得不這麼想。凡人捱中尤金這一擊想必會淪為剖開的西瓜，不過似乎是魔王特別頑強的關係，赫夜只有被敲得腫了一大包而已。

但赫夜大概是沒有被打過，因此哭喪著臉。她就連反應都平庸無奇。

「嗚嗚……連父王都沒有打過余……」

「……妳還好吧？」

或許這一哭難免引起了同情，沙優娜用溼毛巾敷在赫夜腫起來的包包上。赫夜含淚朝著沙優娜抬頭仰望。

「賤、賤民……妳…………咦…………？」

「…………」

赫夜發現頭上一陣涼颼颼的。發現之後那種涼意還越發加劇，不久就成了難以忍受的冰涼感朝魔王來襲。同時，赫夜這才認清眼前的那個惡女，嘴巴已經扭曲成弦月型。

「唔呀啊啊啊啊啊啊啊啊啊！余、余的頭好冰噫噫噫噫噫噫！」

「啊～哈哈哈哈哈！現在發現已經太遲了！我在毛巾上滿滿地浸了老師特製的清涼薄荷液！來吧，妳可以盡情掙扎於地獄般的冰涼！」

「之前有這麼誇張嗎？咱說你那徒弟。」

「不不不，不是我教出來的，那八成是她顯露出來的本性喔。」

「噫噫噫噫噫噫噫噫噫噫噫噫噫噫噫！」

「囂張的巨乳皆當在吾眼前殞命！」

「『私怨／加十五分』。」

「『比魔王還會裝魔王／加二十分』。」

沙優娜在跟女僕全然無關的地方，總算獲得了兩個男人給的加分。不知道她是容易記恨，還是真的討厭巨乳，或是個性本來就爛到家，又或者是以上皆是——無論為何者，沙優娜都對魔王展露了身為惡女的一鱗半爪。

就這樣，艾達飛基召開的奇妙比賽順利結束——

「發表結果～～！」

「妳們辛苦啦。之後記得去向在職的女僕下跪賠罪喔。」

「為什麼！」

「余已經想回去就寢了……」

「哎呀，幾乎每個人都自毀身價，這一戰真是太精彩了。那麼，請激戰完的兩位，坦率分享目前是什麼心境。」

雖然不曉得自毀身價為什麼會讓艾達飛基開心，總之他道出了犒勞之語。

沙優娜清了清嗓，然後擺出得意的臉孔。

「反正呢，第一女主角是不會輸的。」

「遺言是給死人講的。」

「戲言是讓西尾維新說的。」

「你們很毒耶！」

「總覺得，余好像沒有什麼過人之處。完畢。」

「咱發現她在這短短幾頁有了成長……」

「畢竟世界廣闊啊。縱使赫夜小姐身為魔王，仍然有超越妳的怪物潛伏在某處。請妳要記取這次的經驗，在往後繼續努力。」

艾達飛基輕輕拍了拍赫夜的頭。赫夜只應了一聲：「嗯……」便垂下目光。艾達飛基和氣地露出笑容，然後高聲宣布：

「所以獲勝的是赫夜小姐耶耶耶耶耶耶～～～～！」

「……唔？」

「………………嗯？啊，對不起。請容我要求對有疑慮的判決進行重新審議。」

「沒那種制度啦！」

「那我為什麼會輸！不合常理吧！這是誤判啦，誤判！」

「咱好想擊潰妳那謎樣的自信泉源。」

「老實講，兩位的精彩表現讓我覺得判誰贏都無法讓人服氣，不過為求公平性，還是由我們裁判團來進行說明吧。這次決勝關鍵在於服侍得到的分數，表面上公開的分數通稱技術分，而在此之外，另有一項暗中評分的重點。其名為藝術得分！」

彷彿在替懷舊RPG解說傷害的計算方式，艾達飛基用這種調調談及分勝負的隱藏得分。藝術分，那就等於——

「何其意外啊，赫夜小姐是巨乳，因此得到了我加的一千分；沙優娜是平胸，因此被我扣了一千分！另一方面，因為尤金是戀童癖，所以對兩邊都沒有加分或扣分！」

「老師定這種爛規則，連詐賭的組頭也要甘拜下風啦！」

「咱說啊，你幹嘛每次開口就要替自己樹敵。」

沙優娜在比賽開始前就輸了——那先前的互動到底算什麼？

強烈的空虛感，還有與其並列的憤怒，使得沙優娜衷心期望老師能不能猝死。

另一方面，成為贏家的赫夜臉色微妙。

「艾達給的這套女僕裝，確實將胸口勒得很緊……這表示這就是余獲勝的原因？唔……這不太能讓余信服吶。」

「對不起喔。因為我最近方便量尺寸的對象是少年體型。」

「居然說我少年體型！」

「話雖如此，贏了就是贏了。不好意思，賤民，能站上頂點的只有余。妳勇於奮鬥，但終究是人類。妳可以含淚接受這個事實了。」

「不，比賽到最後光會哭的可是妳耶？」

「咱認為對這種比賽認真的話，基本上就算輸了喔？」

「那麼，既然勝負已分，讓我們進入容易被遺忘的正題吧。赫夜小姐的委託，是要我想辦法添增部下。我現在就來揭曉解決問題的手段，能不能請各位到屋外呢？」

艾達飛基一邊露出自信笑容一邊提議以後，就離開房裡了。「這麼說來是有那回事。」原本已經多次偏離正題的赫夜說著，也追到他後頭。沙優娜和尤金儘管都有某種不好的預感，仍跟到了外面——

＊

「老師，我不曉得你現在要做什麼，但是真的要幫她嗎？來到這一步才說也已經晚了，不過對方可是魔王耶？與魔族連成一氣未免有點——」

「約定就是約定吧。余不許你們食言！」

「沒想到咱竟然會親眼見證，童年玩伴成為人類之敵的這一刻……」

「哈哈哈。你們不用擔心。因為我有辦法可以讓身為人類的沙優娜這方，與身為魔族的赫夜小姐那方皆大歡喜。」

被這麼一說，任誰都無法回嘴。賢勇者之所以為賢勇者，正是因為其言行只讓人感受到無時不在的從容——艾達飛基將手伸出，靜靜地朝半空畫起魔法陣。

「老師是在做什麼啊？」

「這項魔法要發動會花些時間。它屬於召喚魔法的一種。」

「召喚……？艾達的想法，余實在摸不清。」

「可別召喚奇怪的玩意兒出來喔。算咱拜託你。」

可以想見的解套方案是，艾達飛基會召喚某種東西，再直接命其成為赫夜的部下——大概是這樣。在那種情況下，召喚物便會聽從艾達飛基的命令行事。

萬一赫夜想作亂，要預先阻止就很容易。雖說如此，平時讓召喚物追隨赫夜，還是可以發揮部下的功用。以解套方案來說，或許算相當高明。

「那麼——請各位退後。因為我現在要召喚的東西有些龐大。」

「噢、噢噢……有此等龐然巨物要成為余的部下啊。這可真是值得期待！」

「它不會造成危害吧……？」

「誰曉得。反正咱對魔法啥都不懂。」

半空中的魔法陣劇烈閃爍，湧現的魔力捲起艾達飛基的頭髮和長袍。沙優娜需要學的依然多得很，卻看得出這是相當強大的魔法。師父能如此輕易地施法，就算腦子有洞也還是很厲害。

師父久久才展現一次的英姿，沙優娜將其烙進眼底。

「聽吾之令現身吧——『址靈』！」

光芒凝縮後，隨即膨脹擴大，隨巨響吞沒了艾達飛基的住處一帶。另外三人忍不住閉眼，並且用手捂住耳朵。不久，伴隨空氣外洩般的聲響，現場傳出了龐然巨物降臨的動靜。

沙優娜緩緩睜開眼睛。在那裡的是——

〒102-8584
東京都　千代田區富士見　1-8-19
電擊文庫編輯部
「魔王軍徵才受理人員」

「老師你召喚出來的這個是什麼！」

「據傳位於異界的神祕組織，別名似乎叫『邪惡巢穴』，而這便是該組織的根據地。『址靈』則是可以像這樣用肉眼可視的形態，將根據地位置顯示出來的祕術。」

「你幹嘛向全方位嗆聲啊！不怕被除掉嗎！」

「不要緊。因為這是初稿。」

「講話別把改稿會刪掉當前提啦！現在讀得到就表示還留著！」

「你真愛操心呢，尤金。我明白了，那就改稱『慈善事業團體』好了。」

「老師你這樣巴結根本不夠！」

艾達飛基召喚的物體，正透過難以描述的威容散發光輝。那模樣彷彿在告訴眾人，它只要動一根指頭就能讓存在如飛沫般卑微的作家斃命。非常可怕。

那些姑且不提，為何要召喚這等危險的東西呢？面對赫夜提出的問題，艾達飛基一邊撫弄千代田區富士見的「富」附近，一邊做了回答。

『喵～嗚……』

（原來……這東西會叫啊……）

「用途其實很單純。讀到這裡的諸君，請在名為明信片的道具上記載你所想出的原創角色，然後寄到該住址，由阿南、土屋和有象斟酌過以後，就會安排成魔王軍的部屬在下集故

THAT WAS THE ORIGIN OF ALL TRAGEDY.

事中登場。」

「你扯了一堆不認識的名字！」

「老師說的阿南、土屋和有象是誰啊！犯罪者嗎！」

「大概就類似那樣喔。」

「換句話說，這是請各方親切人士聲援，讓余增員部屬的機制吧！嗯，豈不妙哉！余不需要多費力氣便能獲得部下！」

「缺點在於多少得花點時間就是了。有進展的話，我這裡會主動向魔王城聯絡。徵才之際的各項事務由我來斡旋。」

「余好期待！如果來了好多部下要應徵怎麼辦，艾達！」

「要是跟打賽魯前後的●龍珠人氣投票一樣踴躍，就太令人高興了呢。」

「十四萬張明信片會把電擊文庫編輯部擠爆啦！」

「感覺那三個人會在徵選過程中過勞而死……」

就這樣——魔王赫夜一臉歡欣地飛走了。

還神馳於本身部下應會在將來增加的願景——

「……老師，假如有人來報名，你要怎麼向各方面交代呢？」

「沒徵得任何許可就這樣搞是要怎麼收拾啦。」

「嗯，不要緊的。因為本作是單集完結，根本不會出下一集。因此就算有人來報名，赫夜小姐的部下這輩子都不可能增加。何況她已經心滿意足地回去了。換句話說，人類陣營和魔王陣營雙方面都已獲得救助——就是這麼回事。」

「還有理由這麼悲哀的解決方案嗎！」

「更重要的是，咱發現這部作品到頭來並沒有得救嘛！」

〒102-8584

東京都　千代田區富士見　1-8-19

電擊文庫編輯部

「魔王軍徵才受理人員」

「還有，它以後就請沙優娜負責來照顧了。妳要記得每天餵食物和水才可以喔。畢竟它也是不折不扣的一條生命——更是寶貴的吉祥物。」

「原來它填了吉祥物的缺嗎！」
「誰受得了每次出現都要占掉八行的吉祥物啊！給咱丟掉！」
「我在後院蓋了小屋，就把它拴在那裡好了。」

〒102-8584
東京都　千代田區富士見　1-8-19
電擊文庫編輯部
「往後還請各位關照人員」

「它是用那一行來跟人溝通的嗎！」
「話說剛才它是不是發出過像貓一樣的叫聲？」
「順帶一提，輕輕摸『富』的下面就能討它開心，請記住這一點。」
得到微妙無比又不確定是否能派上用場的建議以後，沙優娜便多了一隻稱呼起來非常頭痛的寵物。連處置方式都沒人曉得，正可謂特定外來種……

另外，據說對身為敗者的徒弟，日後仍確實執行了FRANCE書院文庫之刑。至於關於刑罰的詳細內容，便無人能確切得知——

《第三話　終》

※本故事純屬虛構。與實際存在的人物和團體無任何關聯。真的。

關於我運氣不好死掉了卻在異世界開掛爽過第二人生這件事

Different world reincarnation

——我一醒來，就發現自己待在陌生的地方。

「這裡是……？」

「你醒了啊。」

「你是……」

「吾為神。你運氣不好喪了命。然而，原本你命中注定還能在現實世界活得長壽。就此喪生未免太過可憐。」

「這樣啊……原來我死掉了嗎？」

「因此，吾會特別送你到異世界度過第二人生。這沒有什麼，不用擔心。吾會在一開始就賜予你所喜歡的外掛能力。你可以任喜好挑選。」

看來我似乎可以在異世界過著開掛的生活。

神將各式各樣的外掛能力展示到我眼前。能選的只有一項。該選什麼好呢？為此我相當猶豫。

「好，我選這個。」

「你真的要選那個？之後可不能再改喔？」

「對。有這就已經夠了。」

「是嗎。那麼，吾與你大概不會再見面了——保重。」

「謝謝祢，神明大人。」

「面對神也絲毫不為所動的精神力……你能成大器。」

我眼前所見逐漸變得扭曲。看來我正要被傳送到異世界。

我靜靜地閉上眼，開始思索自己之後在異世界的生活——

＊

「這裡是……？」

——我一醒來，又發現自己待在陌生的地方。

但這次跟剛才不同。我好像是在一座森林裡頭。

「異世界……嗎？」

我什麼道具也沒帶。不過，檢視狀態欄之後，我發現自己所有能力值都是封頂的。看來神除了外掛能力，還給了我其他餞別禮。

窸窸窣窣！

「誰？」

我覺得草叢在晃動，隨即有人衝了出來。

是個藍髮美少女。無論怎麼看都像異世界的居民。

「妳來得剛好。請問這裡——」

「老師～！我找到了～！」

「噢噢，妳立下功勞嘍，沙優娜。」

「啥？」

美少女似乎喊了什麼，這會兒隨即出現了一個奇怪的男子。對方看起來十分瘦弱，可是我還來不及說話，他們倆就把我圍住了。

「沙優娜，要上嘍！」

「好、好的！」

「欸，搞什麼啊！你們停下來！放開我！」

男子竟然抓住我的雙手，女孩則是抓了雙腳把我抬起。

我打算掙脫揍人，身體卻還不能自由行動。可惡，這是為什麼？

「好色！好色！」

「住手！我叫你們住手！放我下去！」

「好色！好色！」

「原來那是吆喝詞嗎！這是哪門子的文化！」

有兩個糟糕的傢伙把我抬走。

說不定我是被當成飼料或什麼的了。

「已經可以看見嘍，沙優娜！數一二三就放手！」

「我、我明白、了！」

「啥？所以你們到底——」

「一～二～三！」

我突然被這兩個人甩了出去。

啪嗬啊啊啊啊啊啊啊！

緊接著，我的意識再度陷入黑暗之中——

第四話◎奇祭與徒弟

Great Quest
For
The Brave-Genius
Sikorski Zeelife

……………………

「沙優娜，從今天起妳可以進入書庫，那裡面就麻煩妳打掃了。」

「咦？可以嗎？我明白了！」

在艾達飛基的住處，要談到徒弟沙優娜能否進出所有地方，答案是絕非如此。師父交代過有幾個房間不可進入，而被稱為書庫的房間便是其中之一。沙優娜原本並不用打掃那些房間，然而——

「嘿咻……好了。」

沙優娜準備好水桶、拖把跟抹布，然後打開書庫的門。從名稱就能推測這裡是安放藏書的房間，所以在裡頭用水必須多加留心才行。話雖如此，從這個家的規模來看，房間應該不會多大。

如此猜想的沙優娜眼前，有遼闊的地平線。

「……咦？」

她一度關上門，甩了甩頭。或許這是在作夢。

沙優娜打起精神，再次打開書庫的門。書架一路排到地平線彼端。

「……不不不不不，太奇怪了吧！這個房間都比這棟房子還要大了嘛！」

大了嘛，大了嘛，大了嘛——……沙優娜的聲音迴蕩於寬廣過頭的房間裡，逐漸被吸收消逝。這房間明顯不對勁。這樣是扭曲的。

「還有房間寬廣成這樣，我一個人打掃不完啦！叫Roomba（註：為某一品牌的家用自動吸塵器系列）來支援，Roomba！」

沙優娜想要叫異界相傳的打掃召喚獸幫忙，不巧這裡卻沒有那種玩意兒。目前，艾達飛基有私事要處理不在家。雖然他遲早會回來，但打掃非得趕在那之前完成才行。該怎麼辦好呢？沙優娜抱頭苦思。

『搞什麼～？吵吵鬧鬧的～』

「唔哇！」

突然有聲音傳來，因此沙優娜差點嚇得腿軟。這個房間裡，並沒有沙優娜以外的人。可是，她確實聽見了聲音。

有張小書桌擺在門口附近。桌面上放了一本舊書，聲音就是從那裡——

「什、什、什麼？有妖怪嗎？」

『誰是妖怪啊。嗯？仔細一瞧，進房的人並不是基寶嘛。小妮子，妳是他的相好嗎？』

「相好是什麼意思……等等，書在跟我講話……！」

書的封面每次開闔，就會響起老人般的嗓音。沙優娜戰戰兢兢地靠近那本會說話的書，還試著拿到手上。

「不曉得這裡面是什麼構造……？」

『那兒是老夫的敏感地帶。亂碰可不行。會有溫溫的玩意兒冒出來。』

「講話這麼噁心……感覺就是歸老師所有的書。」

『話說，小妮子，妳又是打哪兒來的？記得基寶身邊有兩個人陪著，不過老夫年紀也大了，可分不清誰是誰。』

「呃……您好，初次見面。我是老師的徒弟，名叫沙優娜。」

『徒弟～？基寶終於也收了徒弟是嗎？還是個這麼年輕的毛頭小子——』

啪咚！沙優娜用力把書本砸到桌上。

『噢哇。』

「對不起，我手滑了。因為我是嬌弱的淑女……拿不動太重的書。」

『失敬、失敬～妳的奶太小，老夫還以為是個男的……』

「為什麼你們都要用胸部大小來判斷性別？腦袋犯蠢嗎？」

『身為男兒，一生都要為奶子犯蠢……妳不覺得說來也挺風流的？』

（我看趁老師不在，把這裡燒掉好了。）

沙優娜流露出殺氣，不過她想起自己的目的。師父姑且有交代，要她打掃這裡。現在不是跟這種噁心書本玩鬧的時候。

『小妮子，妳是叫沙優娜吧？來這裡要做些什麼？』

「我來打掃的……你會干擾到我，所以請閉嘴好嗎？」

『可真是牙尖嘴利啊～老夫是這座書庫的管理書。既然妳自稱基寶的徒弟，就得把老夫講的話聽進去才行。』

「咦……我為什麼要聽書本說的話？我是堂堂人類耶。」

『這小妮子態度怎麼狂妄成這副德性……』

當徒弟的缺乏相應的謙虛，因此會講話的書有些不敢領教。沙優娜則是認為，對艾達飛基客氣也就罷了，她才不打算對他擁有的書鞠躬哈腰。

開工打掃以前，沙優娜從身邊的書架抽出一本書，試著翻了幾頁。

「光會收集這種書……老師的癖好還真怪。」

『那可是基寶鍾愛的書。書名叫七●珠，在異界是被歸類成漫畫的書籍。小妮子，妳根本看不懂異界的文字吧？』

「……？你曉得我目前拿了什麼書在看嗎？」

『因為這座書庫的書，全在老夫的支配之下～妳何時把哪本書拿到手上，目前正在看哪一頁，老夫都瞭若指掌。』

「好噁心！趕快放回去。」

『居然會被妳臭罵，還真是始料未及吶……就不能給點捧場的反應，稱讚老夫『好厲害！』之類的嗎……』

「不，正常都會覺得噁心啊。這等於隨時被書店的店員緊跟在背後吧？倘若有這種書店，我報警後就不會再去第二次。」

『看來老夫得告訴基寶，收徒弟要好好挑過才能納入門下啊……這小妮子太糟糕了。』

囉嗦耶，沙優娜如此心想，但是跟一本書爭那麼多也沒用。

更重要的是，艾達飛基對於異界的知識，似乎就是源自這座書庫。不曉得是何緣故，這裡好像收藏了眾多異界的書籍。沙優娜確實完全讀不懂異界文字；而艾達飛基大概讀得懂相當程度的內容吧。她在想，或許多研究這裡的藏書，自己也可以獲得關於異界的知識——基於這種分不出是求知慾或邪念的理由，沙優娜環顧書庫。於是，她發現在成排書架當中，有一塊區域不知道為什麼掛著門簾。

「……？掛這種東西在上面有什麼作用……？」

『聽著，沙優娜。妳不能再過去了。』

「為什麼呢？」

『因為再過去會有危險。對妳這樣的小妮子來說還太早了。基寶也是這麼想，才用那道簾子做了區隔。老夫無意講逆耳之言，回來這兒吧。』

「哦～」

沙優娜穿過了門簾。

『妳這小妮子不聽人講話對吧！』

「你以為憑一本書就擋得住堂堂人類的霸道嗎？」

『信不信老夫賞妳一頓粗飽……！』

試試看啊，沙優娜還沒有回嘴，就往門簾後頭走去。看起來感覺沒有太大差異，但氣氛確實有些許區別。該怎麼說呢，有種莫名明顯的桃色氣息。

沙優娜試著抽出身旁的書本。跟剛才那種名叫漫畫的書，形式幾乎一模一樣。但是，兩者有決定性的差異。

上頭畫的圖，都是全裸女體。

「唔、唔哇、唔哇啊……」

書裡頭滿滿地畫著衣不蔽體的女性。沙優娜的臉自然地泛上紅潮。她不由得心想，這本書不能繼續看下去。

然而，既然沙優娜也是青春期的女孩，對這些便不是全無興趣。翻頁的手停不住，而下一頁有跨頁大圖——全裸的艾達飛基張開腿望著她這裡。

「SEXYYYYYYYY！」

「哇呀啊啊啊啊啊啊啊啊啊啊啊！」

被嚇到的沙優娜反射性地把書扔到地板。於是，艾達飛基就像受到擠壓一樣，從中冒了出來，活像膿皰被擠破流出時的模樣。

「嗨，沙優娜。看妳似乎打掃得挺順利，真是太好了。」

「老、老、老、老……老師怎麼會……！」

理應已經出門的艾達飛基就在眼前，因此沙優娜混亂至極。正因為師父不在，她才敢稍微拿翹。假如艾達飛基在家，沙優娜絕不會踏進門簾才對。畢竟當徒弟的膽子小。還有，如今師父全裸也嚇不到她了。

「因為這塊區域很危險。萬一有人擅自入侵，我立刻會接到聯絡。倒沒有想到闖進來的會是妳呢。」

「對、對不起！我是一時鬼迷心竅！」

『受不了這小妮子。』

「其實我是被那本會說話的書騙進來的！」

「真有此事？」

『基寶～！給老夫狠狠教訓這個笨東西～！』

師徒倆一面像這樣互動，一面先回到書庫入口。沙優娜以為這次免不了要捱罵，意外的是艾達飛基沒有生氣。倒不如說，認識到現在，沙優娜從來沒看過師父發脾氣的場面。他似乎屬於相當有雅量的類型。

「哎，沙優娜正值青春嘛。立場相反的話，我應該也會開開心心地進去那裡面吧。看在妳是初犯，我原諒妳。」

「謝謝……呃，老師。我還是不太明白耶，那塊區域究竟是什麼……？」

「要說明的話，我得先讓你們互相介紹自己。」

艾達飛基說著，就捧起那本會說話的書。

「這位是我書庫裡的管理書——性典淫書目錄（INDEX），別號情色漫畫老師！」

「才一行字就得罪到兩個地方！」

『後者只是個普通的稱呼～哎，要怎麼叫老夫隨妳高興。』

「光是叫了就會起爭議，稱呼起來非常讓人困擾耶……」

「順帶一提，我是叫它色漫老師。」

「可是我的老師只有老師一個人而已……只好叫它會講話的書嘍。」

『基寶，這小妮子真的要不得。』

「畢竟是色漫老師自己說隨她高興的，我不好講什麼。」

「所以說，先不管這本會講話的書，可以請老師告訴我那塊區域是怎麼回事嗎？」

沙優娜對於會講話的書已經不太在乎了。

艾達飛基又把色漫老師放回桌上。

「或許妳早就知情了，我對異界有強烈的興趣。尤其異界的書，更是存放異界知識的寶庫。我無論如何都想收集——因此才收集了這麼多。然後，色漫老師則是立於所有書籍頂點的人物。連異界書籍也不例外。」

『別看老夫這樣，地位可是很崇高的喔。』

「是喔……跟山裡的土霸王一樣。啊，因為你是書本，所以要叫書架上的土霸書吧。」

『這小妮子已經令老夫生厭了。』

「息怒、息怒。只是，色漫老師也實在管轄不到手邊未取得的異界書籍。只要讓老師讀一遍，要掌握書本內容就會很容易——總之，在異界書籍當中，尤其危險的貨色都收藏於那個區域。」

與其說是危險，看起來似乎大多屬於淫穢書籍。沙優娜把自己的見解告訴艾達飛基。

「……我的祖父和父親，都是因為那塊區域的書才喪了命。那些全是受詛咒的書。能夠輕易奪取人命……而且，無論賢者還是勇者，都逃不過其魔掌。」

「咦——請問老師，他們是怎麼喪生的？」

「我早上醒來，便發現他們倆全身赤裸地握著自己的ＫＡＤＯＫＡＷＡ，然後就那麼斷氣了。」

「我真的覺得別用那個代稱比較好。」

『死因名稱叫極限突破。父子倆都背負了令人哀傷的命運才會如此。』

「我知識淺薄，所以不方便對此表示什麼，不過恕我失禮，像他們那樣的死法會不會太垃圾了呢……？」

「因為如此，為了避免有人再像他們倆那樣犧牲，我才會嚴加把關，並且下決心把這個世界存有的異界黃色書刊全部收集到。」

「老師都已經明說那是黃色書刊了嘛！」

沒想到沙優娜竟然知道了賢者沃拿尼斯與勇者杜瑞深不為人知的下場。

總之，艾達飛基似乎對沙優娜沒死感到慶幸。用不著他擔心，走進那塊區域會喪命的應該都是極度愚蠢之人，而且僅限男性。

「所以嘍，沙優娜。妳踏進了那塊區域，接下來就要陪我一起去收集異界書籍，這是給妳的處罰。」

「咦……老師不是原諒我了嗎……？」

「原諒歸原諒，我並沒有說不處罰妳。由於這是我的興趣，原本我並不忍心要求妳奉陪；反正都會需要人手，這下子正好。」

『噢，對喔。算一算時期也快到了吧？』

「是啊，色漫老師，時期要到了。」

會講話的書似乎理解了什麼，反觀沙優娜則是完全不明白狀況。為師的看著沙優娜，高聲喊道：

「人們稱其為：異世界轉生者強迫遣返ＲＴＡ祭典～！」

＊

「——所以嘍，我們來到祭典舉行的會場『拿洛村』了。」

「是喔……老師，這裡感覺還挺熱鬧的耶。」

拿洛村本身並不是多有特色的村落。多少產得出農產與畜產品，多少還算繁榮；然而也多少有少子高齡化的跡象。它就是個尋常可見的村落。如果沒舉辦那種祭典，沙優娜等人恐怕都不會行經此處。

然而透過祭典效應，村裡頭被各式各樣的人擠得熱熱鬧鬧。有騎士及戰士，魔法師、旅行賣藝者和商人，甚至看得到疑似盜賊的身影。露天攤販也擺了不少間，沙優娜就先買了一支棒棒糖來舔。

「老師，差不多可以請你說明這是什麼樣的祭典了嗎？之前你曾經講過，抵達以後就會說明的吧？」

「哎呀，我差點忘了。」

艾達飛基買了叫冰鎮史萊姆的玩意兒。不知道那是用來做什麼的……沙優娜心想，接著史萊姆就滑溜溜地被塞到她背後。

「噫呀啊啊啊啊！」

「首先呢，沙優娜，妳知道異世界轉生者這樣的人種嗎？」

「老師你做什麼！害得我話都沒有聽進去！」

「唔～嗯……乏善可陳的魅力無法用於插圖。對不起，我們繼續談下去吧。這座拿洛村呢，就是以異世界轉生者常常出現而聞名的喔。」

「說真的，老師你剛才到底想做什麼！」

「你們師徒倆不管到哪裡都一樣吵耶……」

由於有聽起來像是傻眼的吐槽聲傳來，師徒倆便回頭看向某間攤販。尤金好像正在那裡做生意，還坐在椅子上攬客。

「噢，這不是尤金嗎？身為故事的二線班底，竟然連續三話有戲分。」

「尤金先生，你不用追著小女孩的屁股跑嗎？」

「去死啦！你倆聽著，咱可是商人，會出現在大型祭典是很合情合理的吧？還有阿基，咱去年也在這裡跟你見過面啊！」

「讓我來瞧瞧，你都賣些什麼無聊玩意兒吧。」

「總覺得他會在兩方面設法騙小孩耶……」

「衛兵先生～！這裡有兩個渾球在干擾咱做生意～！」

衛兵真的被叫來了，因此師徒倆連忙擺出正經模樣。平常也就罷了，今天他們倆是來拿洛村參加祭典。在活動開始前被抓的話，就得不償失了。而尤金似乎也曉得那一點，中途就把衛兵請了回去。他在這裡的面子似乎挺廣的。

「既然來了就捧咱的場吧？叫你買就買。感謝成交，歡迎再來～」

「這就是相傳於異界，被稱作ＹＡＫＵＺＡ的生意型態嗎？」

錢包硬是被尤金搶過去，相對地，沙優娜和艾達飛基都被塞了亮晶晶的石頭到手裡。沙優娜用看待廢物的眼神，把那顆石頭舉在太陽底下。

「這顆寒酸的石頭是什麼啊，尤金先生？」

「能量石。話說妳最近態度真夠惡劣的耶。咱可以揍妳一拳嗎？」

「啊，就是那隻袋狼在收集的東西吧。我用不到。」

艾達飛基把能量石丟棄在路邊。

「跟頑皮狗那隻袋狼無關啦！還有你丟屁啊，小心咱宰了你喔！」

「請問有沒有賣飲料之類的？我口渴了。」

「喝妳自己的口水去！」

尤金感到後悔地心想，師徒倆只顧妨礙做生意，早知道就不跟他們攪和了。當他開始希望這兩個人儘早消失時，師徒倆就拉了多的椅子，在尤金旁邊大方坐下，彷彿他們也成了生意人。

「老師，我根本不曉得異世界轉生者是什麼！」

「一般是指異界的居民，尤以住在異界某個島國的人種居多喔。」

「你們別在咱旁邊開講座！到旁邊去聊啦！」

「尤金，你都不懂呢。我們是因為喜歡你才會這麼做。」

「…………這又不值得開心，而且咱還滿困擾的耶？」

「那些異界的人，為什麼會來我們的世界呢？」

「原因及理由不得而知。只不過，那些從異世界轉生過來的人，據說能力大多非常高。

有的所向無敵、有的可以隨時讓人斃命、有的具備全知之能，在他們那邊似乎管這種能力叫外掛。」

「居然沒人理會咱……唉，算了。休息一下吧。」

尤金屈服於妨礙營業的師徒倆，暫時收起攤子的招牌。反正隔一會兒以後，他們兩個應該就會為了參加祭典而消失。畢竟這並不是時時都能來糾纏的日子。

沙優娜對於人稱異世界轉生者的存在，幾乎一無所知。再加上艾達飛基的興趣，使她最近對異世界的認知有所偏頗，但相關的知識仍逐漸在累積——沒想到異界的居民，早就來到了他們這個世界。

「他們的能力有那麼強？」

「是啊。那些異世界轉生者有段時期曾大舉收購年輕的女奴隸，還會抓格外年輕的女孩建立後宮；尤有甚者，更會誆騙年輕的公主竊據國家，各種狀況可以說層出不窮。然而這陣子轉生的都是一些不長進的中年男性，似乎就以倉促展開慢活人生為主流了。」

「慢活人生是可以倉促展開的嗎！」

「這是哪門子的生活方式啊？」

「順帶一提，他們在慢活人生中仍不忘建立後宮。」

「真是精力旺盛耶。」

「不，咱聽說當中好像也有女的喔。」

「女性大多會變成反派千金，有的則不會。」

「到底會不會！」

「還有乍看下無用的技能，會被我們這些當地人瞧不起，並有被自己的隊伍或者世人放逐拋棄的套路；不過那種異世界轉生者都會靠封頂的能力值或者實為最強的技能成名，所以不用替他們擔心。」

「那說起來不就高枕無憂了嗎？」

「咱真不懂那些傢伙是來幹嘛的。」

「話說老師提到的能力值跟技能又是什麼？好像理所當然就出現在對話裡……」

「類似成績單上的絕對分數與相對分數。」

「咱覺得這好像比喻得一語中的，又好像完全不是那麼回事……」

看來異世界轉生者似乎具有跟沙優娜他們不同的觀念。即使聽了說明也不甚明白，沙優娜只好先這樣接受。

「不過，當地人這種說法能不能改一改啊？咱聽了覺得有疙瘩。」

「畢竟我們只是正常過生活嘛。」

「不然用『本地人』來稱呼如何？」

「距離感太近了啦！聽起來搭個電車就會跟那些傢伙碰上！」

（不知道尤金先生講的電車是什麼……算了。）

話題正逐漸扯遠，因此艾達飛基咳了一聲清嗓。

「就因為如此，起初那些異世界轉生者還可以得到包容，但我們也有生活要過。老是讓他們欺壓或建立後宮，可沒有人受得了。畢竟從異世界轉生過來的人會無止盡地增加，而且還頗有能耐，所以才令人感到棘手。從而發起的『禁轉生、要生活』運動，便是這項祭典的起源。」

「啊～那個咱記得。是你爺爺把事情搞起來的。」

「什麼跟什麼嘛，活動名稱聽了就讓人覺得無力……」

「各地排斥異世界轉生者的動作就此暴增了喔。以結果而言，有為數眾多的異世界轉生者被送回了異界……從他們的角度來看就是回到原本居住的世界。發明那種手段的人，是我的祖父沃拿尼斯。」

「我完全不知道有這種事……」

「畢竟沒有被搬到檯面上啊。目前還像這樣變成了祭典。」

沙優娜並未見過異世界轉生者，因此不好說些什麼，但他們似乎是擾人安寧的存在。的確，連國與國之間的民族問題都鮮少獲得解決，在這種背景下還讓來自異界的人耀武揚威，可不是笑一笑就能夠了事。既然會遭到異文化的支配，而非與異文化進行交流，那已經是不折不扣的侵略行為了——艾達飛基如此做總結。

「就這樣，我也提供了協助，進而把這個世界的轉生點侷限於這座拿洛村，以及位於拿洛村隔壁的『卡克優姆村』。還對時期加上了限制，因此這個時期容易有異世界轉生者出現。異世界轉生者強迫遣返ＲＴＡ祭典，就是要將出現的異世界轉生者捉住，再迅速將其強制遣送回去，藉此比賽誰的速度快，在近年來可是最為熱門的祭典之一喔！」

「卡克優姆村……？」

「咱聽說那裡跟拿洛村好像有紛爭。」

「哦……感覺拿洛村會贏。」

「妳別去管人家的紛爭啦。」

沙優娜坦然吐露了感想，尤金卻制止她多談這件事。

祭典的全貌總算明朗了，沙優娜也猛然變得有幹勁。她並不討厭這種熱鬧的氣氛，更何況這次的目的在於拿冠軍。對沙優娜來說，求勝是她不太有經驗的一件事。

「冠軍獎品大多是異界的道具，不過咱記得今年是異界的書吧？阿基會想拚冠軍倒不是無法理解。反正咱就在這裡做生意，你們去加油吧。」

「假如獎品是ＬＯ，我會來叫你喔。」

「不必啦。」

「LO……？」

哥倆不肯告訴沙優娜那是什麼。

祭典即將開始——艾達飛基站起身，把脖子左右扭響。

「好了，那我們出發去驅逐人形藍鰓魚（註：易引起生態破壞問題的魚種）吧。」

「老師那是什麼意思！」

「他損人已經損到連意思都聽不懂的境界啦……」

最後艾達飛基把剩下已經不冰的冰鎮史萊姆滴到尤金背後，而吃了一記反擊重拳後，宣布祭典開始的太鼓聲便響遍了周遭——

*

「到此為止！確認強制遣返已執行完畢！轉生者狀似被順利送返原本的世界了！」

「好！這樣的成績相當出色喔，沙優娜！」

「呼……呼……是、是嗎？」

「是啊！在二十行敘述內是足以奪冠的！」

「行數可以當時間單位嗎……？」

沙優娜一邊喘得肩膀上下起伏，一邊設法吐槽。

祭典似乎最多可以由四人組隊參賽，兩個人組隊參賽的只有沙優娜他們。艾達飛基也邀過尤金，但他好像無意拋下商人的本分來參加，就不講情面地拒絕了。

到最後，儘管師徒倆被迫在人數稍微吃虧的形勢下挑戰——

以結果而言，靠著沙優娜的新手好運氣，他們早早就發現了剛轉生到異世界的少年，還迅速把對方扔進作為傳送裝置的無底沼澤。

艾達飛基興奮未歇，在沙優娜旁邊露出了笑容。

「都說在祭典獲勝的最大關鍵，就是及早發現異世界轉生者啊！哎，我還以為人數上的不利會造成影響，但是這下可厲害了！因為我們才兩個人參加，在時間上還可以獲得幾行的加分！」

「我對行數這種概念不熟悉，所以沒辦法坦然感到高興……」

呼吸調適完的沙優娜環顧周圍，就發現到處都有人在搶異世界轉生者。相較於參賽者人數，異世界轉生者的數量並不夠。而且這個祭典就是要抬起異世界轉生者，再把他們塞進有裝置功能的無底沼澤，以過程所需的時間來決定成績。沙優娜和艾達飛基沒受到干擾就及早發現異世界轉生者，似乎相當幸運。

「我現在才曉得，原來異世界轉生者，是像雨後春筍一樣冒出來的耶。」
「嗯。長得跟鬍子一樣快喔。」
「老師已經不把他們當人看了！」
「妳還不是把他們叫成竹筍？」
「我用的是一種比喻……話說回來，我有個疑問耶。」
「什麼疑問？」
「老師，你對異界有興趣對不對？畢竟這次參加這種祭典，就是為了收集異界書籍。不過，異世界轉生者正是來自異界的人吧？既然這樣，與其把他們送回去，你直接向那些人討教異界的知識不就好了嗎？」
要說的話，這是再合理不過的疑問。艾達飛基能親手重現異界的道具，還會透過異界書籍來汲取異界的知識。不過，既然來自異界的人會出現在這裡，說到底只要直接詢問他們就行了。
面對這合理的想法，艾達飛基卻搖搖頭。
「那可不行。若是照妳說的去做，確實可以輕易取得異界的知識。印象中，我記得以前尤金也對我提過一樣的意見。」
「這樣的話，為什麼——」

「親手學習異界的知識，並且費盡千辛萬苦才予以重現，對我來說是畢生的志業。度過這樣的生涯，猶如一點一點地讓大顆糖果融化。我並不想將其一口氣品嘗殆盡，更不想嚼碎猛吞。或許妳以為，我的知識囊括萬物，不過這就大錯特錯了。我也有許多不明白、不知道的事情。異界的知識就是最佳範例。時時都有可學之事等著——我想，那恐怕才是最重要的道理。」

「老師……」

難道你發燒了嗎……當徒弟的真的這麼想，卻想辦法把話吞進喉嚨裡。這個師父光是用正經的語氣講話，就會讓人感到詭異。艾達飛基露出微笑，醞釀片刻後才繼續說道：

「更何況——假如異世界轉生者帶著一副明顯藐視人的得意嘴臉，來談論他們那個世界的知識，我就會忍不住一拳掄到對方臉上問：『你自以為是什麼人？』」

「老師把真心話說溜嘴了喔！」

「倘若是那個世界的有識之人也就罷了，畢竟會出現的大多是未成年的小毛頭。」

「我一直隱約有感覺耶，老師對異世界轉生者嫌棄到不行對吧！」

「那麼，在最後結果發表出來以前，我們再去騷擾尤金做生意好了。」

「老師在迴避話題……！」

就這樣，祭典平安順利地結束了——

*

「我們回來了，色漫老師。」

『噢，是基寶和沙優娜啊。你們倆回來得真晚。所以，成果如何？』

會講話的書這麼問，艾達飛基就高高地把一本書舉了起來。

「不用說，我們拿下了冠軍！含加分計為十八行，勇奪輕小說史上的最快紀錄！（註：此為作者個人所做的調查）」

「原來我們不知不覺中就在跟整個業界競爭呢……」

『真有本事～哎，雖然老夫本來就覺得你會贏了。來吧，把那玩意兒借老夫瞧瞧。』

艾達飛基把作為冠軍獎品的異界黃色書刊，疊在會講話的書封上。

順帶一提，比賽還頒發了冠軍獎金，然而那筆錢被退了回去。艾達飛基似乎對金錢不太執著，沙優娜倒是覺得相當遺憾，但她總不能對師父的選擇唱反調。師徒倆只領了書，還騷擾尤金將他惹毛了幾次，這才凱旋而歸。

「會講話的書在做什麼啊？」

「之前我也提過，色漫老師是立於所有書籍頂點的人士。像這樣，把希望託它管理的書疊上去以後──」

『……唔嗯。老夫搞明白了。這是COMIC快樂天2017年8月號！』

「那是什麼書啊！」

「──即使是看不懂的異界書籍，色漫老師也能將書名、發行年月日、刊載作家、作品名稱，乃至作品裡的親熱方式統統弄清楚。」

「管理形式超乎想像地具體！」

「不過……因為字樣熟悉，之前我就認出是快樂天了，果然沒有錯嗎。」

話說快樂天是什麼？沙優娜心想。不過她覺得別過問才是為自己好，便放棄提問了。

「對了，老師明明熱愛這種書，卻沒有立刻翻閱內容呢。」

「嗯。我會讓色漫老師管理，並且審核過內容以後，才小心地鑑賞。」

「那果然是因為……」

「當然了，有閃失的話，連我都可能會極限突破。妳也不希望那樣吧？早上醒過來，就發現敬為師父的人，緊緊地握著自己的KADOKAWA喪了命。」

「我說過了，別用那個字眼來代指敏感詞彙好嗎！老師你會被除掉喔！」

『基寶可真是無所畏懼啊～……』

快樂天在使用上似乎要多加小心。艾達飛基會克制自身慾望，全是因為他也不想死。

『話說基寶，老夫有好消息。』

「說來聽聽吧。」

『這本ＣＯＭＩＣ快樂天２０１７年８月號！有基寶熱愛的甘口醬油老師所繪製的單篇完結作品！』

「什麼……！你是說真的嗎，色漫老師！那位以精美插圖和漫畫聞名的甘口醬油老師，有在書裡頭刊載單篇完結的作品？」

「這部小說的寫法已經把可以得罪的人全都得罪光了耶。」

『而且這座書庫裡還有收藏ＣＯＭＩＣ快樂天２０１６年５月號、２０１６年12月號、２０１７年２月號、２０１７年４月號，以及２０１７年６月號！』

「居然有這種事……！刊載著甘口醬油老師單篇完結作品的快樂天，我在無意間就全部收集完畢了……！（註：截至２０１８年９月）」

『除此之外還有！這座書庫也安放著那部作品！』

「那部作品是指……？」

「我猜到接下來是什麼了……」

『２０１８年４月上市！《我們的青春無法奪得霸權！（暫譯）》』

「陌生的書名。」

參考
「COMIC快樂天」
2017年8月號
（WANIMAGAZINE社）
トロトロHOTをCOOLにシちゃう♪
400Pページ分
ドキドキしてね♥
電擊文庫
《我們的青春無法奪得霸權
～昇陽高中動畫研究社活動紀錄～》
ぼくたちの青春は覇権を取れない。
—昇陽高校アニメーション研究部・活動録—
有象利路
illustration
うまくち醤油
電撃文庫
↑本書作者的處女作，
好評發售中＆
電子版上架中！

「請老師不要突然冷靜下來好嗎！」

『這本書竟然也請到了甘口醬油老師繪製插圖……』

「表示這是由WANIMAGAZINE公司發行上市的嗎？」

「是電擊文庫啦！」

「莫非妳知道這部作品嗎，沙優娜？」

「呃，與其說我知道……書名八成在這本書裡的某個地方找得到啦。」

『這小妮子有夠冷靜～』

「不知道這部作品是誰寫的，真令人在意。」

『這老夫也不曉得。反正不重要吧。』

「連立於所有書籍頂點的書也鄙棄它的存在嗎！」

「不過這就奇怪了。我找不到這本書的第二集。」

『…………』

「…………」

「…………」

「欸，這樣算什麼結尾啊！」

「好像讓他鬧脾氣了呢。」

『畢竟這本書是磨耗精神寫出來的啊～』

「乾脆直接磨成泥就好了嘛……雖然不曉得那是誰……」

沙優娜快要搞不懂現在談的是什麼，便捧起狀似審閱完畢的COMIC快樂天2017年8月號。參加祭典的疲倦還留著，她打算趕快把這本書收到書架上然後休息。

然而，艾達飛基急著從徒弟背後把人叫住。

「沙優娜，請等一下！」

「什麼事啊？我已經累了，請老師長話短說。」

「我會把那當成夜裡的參考文獻使用，請妳先擱在那張書桌上。」

《第四話　終》

THAT WAS THE ORIGIN OF ALL TRAGEDY.

「老師曉得參考文獻是什麼意思嗎！」

「我知道啊。那是在卷末附上許多書目，就可以讓作品感覺變高尚的伎倆吧？」

「爛到心眼裡的偏見……！」

『哎……徒弟的態度姑且不提，跟師父似乎還挺契合的……？』

年邁的書本看著師徒倆互相嚷嚷的模樣，便如此嘀咕了一句。它原本以為沙優娜只是個普通的小丫頭，不過這會兒才發現她的神經實在夠粗，應付得了跟常識脫節的艾達飛基。像這樣的人可不好找，因此年邁書本在心裡祈願，希望這兩人可以儘量相安無事。

隔天，據說徒弟曾發現師父手握自己的ＫＡＤＯＫＡＷＡ處於瀕死狀態，至於實情是否真為如此就不得而知了——

《第四話　終》

夜裡的參考文獻一覽

COMIC快樂天2016年5月號（WANIMAGAZINE社）
COMIC快樂天2016年12月號（〃）
COMIC快樂天2017年2月號（〃）
COMIC快樂天2017年4月號（〃）
COMIC快樂天2017年6月號（〃）
COMIC快樂天2017年8月號（〃）

「這樣就變高尚了呢。」
「本篇有什麼地方活用到這些嗎！」
『為營造高尚感而記載參考文獻的想法，基本上就已經是低俗的了……』

第五話◎邪教與徒弟 ……………………

Great Quest
For
The Brave-Genius
Sikorski Zeelife

——復仇有意義嗎？

假如說，仇人能讓我以外的所有人幸福。

假如殺掉他的話，除了我以外的所有人都會變得不幸。

倘若復仇的刀會因為這樣就變鈍，那復仇根本毫無價值。

想殺對方就是理由，復仇本來就沒有比這更好的理「大便出來嘍！」

＊

「出來嘍出來嘍出……啊，不好意思。大叔我嗑了點藥。」

「老師，這個人有病。」

「不可以對客人這樣說話喔，沙優娜。」

今日艾達飛基的住處依舊有委託者來訪。這間房子位在凶暴魔物群聚的樹海盡頭，因此憑藉尋常的實力，就連要抵達都無法達成——然而此刻在沙優娜眼前的中年男子，怎麼看都不強。

「先讓大叔向你們做個自我介紹吧？我呢，是在『專門鬪除嚴肅劇情之會』，通稱鬪嚴會擔任會長。請多屎教★」

但他肯定是個異常分子。而且病得不輕。

沙優娜腦海裡浮現了某個知欠，盡可能不跟委託者對上眼睛。雖然對方外表普通，散發出來的氣質卻脫離常軌。

讓這傢伙講話會有危險——以往的經驗與本能，從雙方面對沙優娜提出了警告。

「哎，我跟會長是老交情，就不需要多介紹了——會長和沙優娜畢竟是初次見面嘛。這位是我的徒弟沙優娜。請多關愛。」

「那我是不是可以先問問，要多少錢才能跟她來一次全套？」

「關愛不是那個意思！」

「看來沙優娜不會跟你收錢。」

「哇喔！難道她在做黑的～？」

「這次慘了……！這次劇情絕對會很慘……！」

沙優娜已經切膚體會到可怕的預感了。會長眼裡有幾分混濁，宛如無光暗巷，瀰漫著看不見盡頭的黑暗。

與生俱來的邪惡──這樣的字眼閃過沙優娜腦裡。這種詞應該要封給某位平庸魔王才對，但是眼前的人根本和她沒得比。應該說，闢嚴會這個組織本身就很莫名其妙，聽起來像是可疑的宗教團體。

「那麼特別顧問，來談談這次的委託吧。又有個嚴肅仔需要處理一下了～」

「唔嗯。連會長也應付不來嗎？還真是稀奇。」

「倒不是應付不來啦，畢竟大叔我年紀也到了。如果問題要盡可能解決得乾淨俐落，想想還是需要年輕的特別顧問協助。」

「能得到會長信賴，我本身也是無比慶幸。那麼，關於委託的報酬──」

「請、請你們等一下！」

沙優娜忍不住打斷兩人的談話。要是不趁現在插嘴，事情八成會一路順順利利地談到底。儘管沙優娜不想牽扯得太深，但是被晾在一旁還是令人覺得討厭，於是她拋出了心裡懷有的疑問。

「麻煩儘量簡單扼要地做一些說明，讓我也能夠聽懂……！」

「對喔，小妞妳什麼都不知道嘛。關於生小嬰兒的方法。」

「你想說明什麼啊！」

「沙優娜到現在還會提起『送子鳥』，超會裝純真的。」

「哈哈哈哈哈。特別顧問，偏偏這種女人在背地裡啊，每天晚上都會跟男朋友拚命做愛做的事！受不了，浪得連下面的嘴都合不攏！」

「簡直像深夜收看的私密直播呢。」

「好想跟她來一砲～笑。絕對要抖內w」

「吵死了！你們到底在嗆誰啊！」

話說事情為什麼會扯到這邊？沙優娜強迫自己接受，是她發問的方式有錯，然後配合這兩個傢伙的喜好又問了一遍。

「關於那個關什麼的會，還有老師擔任特別顧問的事，能不能請你們對無知又身為處女，卻唯獨曉得小嬰兒要怎麼生的我，詳加說明當中緣由呢！」

「小妞，為日後著想，我先聲明──妳沒有從一開始就這麼問可不行喔。」

「這是叫我時時都捨棄自尊來面對你們嗎！」

「半吊子的自尊心會讓人自取滅亡啊。不過，我感受到沙優娜的意志了。為了讓妳也能懂，就讓我們來學習鬪嚴會的歷史吧。」

「……這個會有那麼長的歷史嗎？」

「那是當然！成立到現在差不多十五年了！」

「微妙地短嘛……！」

起碼也要在自己出生前就成立吧，沙優娜心想。

「如名稱所示，鬪嚴會是由一群專門鬪除嚴肅劇情的人，聚集起來成立的會黨組織。」

「好抽象……」

「小妞，若談到嚴肅劇情，妳腦裡會浮現什麼橋段？」

「咦？呃……說到底，就是跟憎恨的仇人搏鬥之類的吧？」

「沒有錯！那也包含在內。除此之外，比如年輕男女的告白場面、吐露辛酸往事的場面，以及跟敵方的最終決戰等，世上充滿了形形色色的嚴肅劇情！大叔我呢，最討厭的就是那些嚴肅戲碼！所以才成立了鬪嚴會！」

「完完全全是基於私情才誕生的呢。」

「會長實際把組織弄了出來，事實上，這正是他行動力出色之處。」

多麼擾人安寧的行動力。雖然會長看起來單純是個中年男子，卻靠著無以倫比的領導魅力，在眾人驚嘆下搞大了鬪嚴會的規模。然而這個會在世上並不算醒目，當徒弟的便請教他們平時都在從事何種活動。

「這個嘛……要說到近期最大的一樁差事，記得是去年吧？某國收藏的國寶，收到了怪盜的行竊預告！而那名怪盜是坊間知名的義賊，還聽說那項國寶好像是某國用不正當手段弄到的！」

「難不成，那名怪盜就是……」

風靡一世的怪盜義賊——其真面目不為任何人所知。不諳世事的沙優娜只是曉得有這麼一號人物，莫非這個大叔就是那名義賊？

艾達飛基對懷有淡淡期待的沙優娜搖搖頭。

「不，錯了喔。怪盜就是怪盜，另有其人。」

「大叔我聽到這項消息，就比怪盜早一步搶走國寶了★」

「你在多事什麼啊！」

「我還把那個怪盜揍了一頓，送他去吃牢飯～」

「……難道說，你先從某國那裡接到了要設法對付怪盜之類的委託？」

「那也是錯的喔。全屬闢嚴會獨自採取的行動。」

「大叔我順便揍了國王一頓，最後就在收藏國寶的地方，留了坨現拉的大便！」

「老師！這個人真的是恐怖分子！」

「這麼說來，會長，搶到的國寶之後怎麼樣了？」

「我用Mercari（註：日本的知名網路二手交易平臺）賣掉了。」

「而且他還比較傾向於人渣！」

Mercari是什麼啦？連這都忘記吐槽的沙優娜大叫。原本還以為那是有志一同的人，亦即同好所組成的黨會組織，看來闢嚴會著實是個挺危險的團體。

「怪盜對上為非作歹的國王，大叔我只是沒辦法容忍這種嚴肅的場面罷了。」

何況動機相較於行為只有鼻屎般大。自己的師父跟這種有病的傢伙來往，使得徒弟對其投以譴責的目光。

「不要緊，沙優娜。有的國家並未盯上闢嚴會。」

「呃，反過來想，就是有的國家已經盯上這個思想危險的團體了吧！」

「特別顧問從以前就擔任我們闢嚴會的後援。之前他聽說有個來路不明的男子，打算靠什麼外掛能力成為一國之王，所以就……」

「身為特別顧問，我就協助闢嚴會一起把人強制遣返了。」

「老師討厭異世界轉生者的性子發作了！」

艾達飛基也是一樣，對某個族群會不由自主地反感。雖然他似乎並不排斥嚴肅戲碼，卻有跟闢嚴會利害一致之處。他那時幫過對方的忙，好像就在不知不覺中變成了特別顧問。

「你為什麼要對嚴肅的事情討厭成這樣！嚴肅又沒什麼不好！」

「還記得……對，那是個陰雨綿綿的日子。大叔我曾有漂亮的老婆跟可愛的女兒，每天過得可幸福了——啊，特別顧問，扔過來。」

「我明白了。去吧！」

「扔……？」

↙

＊

「我還納悶要扔什麼，這不是場景轉換時常常出現的符號嗎！原來這都是老師特地扔出來的嗎！」

『老公，我有事要談。』

「我居然被扯進回想裡面了！」

「沙優娜，妳不能在這邊跟我對話！」

『有事要談？更重要的是，今天晚上的晚餐怎麼了？妳啥也沒準備——』

『……我要跟你離婚。』

『咦……？去吧……』

＊

「……就這樣，大叔我在某一天，失去了一切。」

「至今最短的回想……而且他在回想中也還記得要扔那個符號耶……」

「再拖長就變得嚴肅了。在自己的回想裡弄成那樣，會長是會死的。」

放著他去死反倒有助於世界吧……？沙優娜懷著黑心的想法，卻還是一臉安分地姑且等會長繼續說下去。

「沉浸於哀傷的大叔我，過了一段墮落的日子。但是某天我注意到，無論朝哪邊看，世上都充斥著嚴肅而陰沉……而且，最陰沉的就是大叔我自己。這樣下去不行。我想讓自己，讓這個世界，變成與嚴肅無緣而充滿笑容的世界！當我這麼想的瞬間，就發表了宣言——我要成為專門關除嚴肅劇情的人。」

「真是令人動容的一段故事啊。原本失意頹喪的人，打算讓自己成為改變世界的人，這便是他立志之始。」

「不，這是在講危險思想團體的起源吧？蹲牢房才會聊到這種內容喔。」

因為如此，目前仍健在的關嚴會依然活動著。

為了闢除嚴肅劇情，讓世界充滿笑容——

「……不過，他們夫妻倆怎麼會離婚？以前會長先生倒還挺正常的耶。」

「因為大叔我搞外遇被老婆抓到啦！」

「你這人渣根本就是自找的！」

「而且我找的對象比小妞妳還要年輕，所以就真的被逮捕了★」

「換句話說，那是在牢房裡下的決心呢。決心要成為專門闢除嚴肅劇情的人。」

「老師，那只是挾怨報復世界吧！這個犯罪者算什麼嘛！」

對方所談真的是蹲牢房時的心路歷程，讓沙優娜隨著鄙視而為之詫異。

「大叔我搞外遇會被抓到、會被迫離婚、付給小姘頭的那筆遮口費會不管用，全是嚴肅劇情的錯——妳不這麼認為嗎，小妞？」

「不認為。」

沙優娜一臉認真地答話。跟以往的委託者截然不同，為人可謂渣中之渣——人渣界的皇者，便是指這個大叔吧。

而且上天不知道為什麼，還給了這個神級人渣莫名高超的規格。

「沙優娜，妳還真是鄙視他呢。會長，要不要向這塊受到考驗的大地，談談你那崇高的最終目標？」

「老師說誰是受到考驗的大地！是我要考驗你們所在的這個世界才對！」

「小妞的乳頭上似乎可以立一塊平地待售的招牌喔～大叔我的最終目標啊，就是在去年銷量排行榜名列前茅的所有輕小說亮相！奢求點的話，我還希望全裸客串，在那些作品裡呼喊愛！」

「這傢伙已經神智失常了啦！他是毀滅輕小說的致死病毒！」

「總之，我們先從電擊文庫的前幾名開始進攻吧。」

「包在大叔我身上！首先要採取的行動，就是讓電擊文庫旗下作家的作者近照，全部換成大叔我入鏡的照片！」

「別講得好像這是什麼穩紮穩打的方案！」

「說來不太夠義氣，就連我也覺得會長有幾分危險呢。」

起鬨這麼久，甚至是為師的都對會長具備的危險性感到戰慄。

闢嚴會是個什麼樣的團體，沙優娜已經深刻理解到了。說實在的，她希望能馬上送客；艾達飛基卻不可能允許她那麼做。

會長體認到說明到此結束，就打算帶回正題。

「萬一大叔我接到《Re:Zero》發的上戲通告要怎麼辦？」

「不可能啦！你頂多只能等牢房再次發出的通告！」

【電撃文庫作品】
イラスト：

「這句發言在各方面都越線（品牌）了呢，連旁白敘述都希望回到正題，我們談回正題吧。之前說要找我們處理的某個嚴肅仔，請問究竟是哪一位？」

「啥？」

「這傢伙來做什麼的啊！」

「說笑的、說笑的！小妞，妳別那麼生氣嘛～！難道妳有感覺了～？」

「…………」

沙優娜默默地從懷裡掏出短刀。

「哎呀，捅刀助興這種玩法恕我不奉陪！能不能請你們先看看這個？」

「感覺用這種玩法會名副其實地欲仙欲死呢。我瞧瞧……」

「……老師，這東西是叫照片對吧？」

照片——能擷取瞬間的景象，並轉印至特殊用紙後長期保存，所用技術與繪畫別有不同的產物。沙優娜之前並沒有實際見識過，也還是聽人提過。艾達飛基似乎就看過好幾次，因此沒什麼特別的反應。

會長拿出一張照片，上面是一位飄逸著淡綠色秀髮的少女。年紀應該跟沙優娜差不多。外表固然是個美女，臉孔卻有幾分陰沉的悲壯感。穿著打扮也不像城裡的姑娘，而像是一位旅行者。

「唔嗯。胸部被衣服擋住看不清楚，但我看是比沙優娜還大。」

「比小妞還小的話，那胸部等於已經開了洞吧？」

「原來沙優娜是虛嗎……？」

「我還沒有死……就算我是虛也會分在大虛的等級。」

「原來如此！這表示小妞的胸圍屬於瓦史托德級嗎！」

「她的尺寸是瓦史托德級，不過我認為以能力而言要算基力安級。」

「你們把心思轉回來看照片啦！把別人的胸部當什麼了啊！還有這些哏玩得太細，還要跟編輯說明出處很麻煩耶！給我負責任！」

「執筆會在意編輯而非讀者目光……這是寫作界的扭曲呢。」

雖然本來就是這個徒弟要自稱大虛，看來她好像無法容忍自己的乳房被人用死神的魂葬對手階級來揶揄，怒火已達亞丘卡斯級。

「這個美少女就是這次要處理的嚴肅仔。她似乎想替遇害的家人報仇，才會啟程旅行尋找凶手。聽了不覺得讓人反胃嗎？」

「以外表而言，在會長的好球帶裡似乎倒是一顆內角偏高球？」

「那不就是影響主審判球的球路嗎……」

「把大叔我想得跟猴子一樣可就讓人頭痛嘍。這女孩並沒有……對了，她的名字叫『柚芷』，她這一球已經從大叔我的好球帶掉出去了。至於下一球嘛，小妞妳正中大叔的好球帶喔。老實講，我想抱妳。」

「你這猴子不如的傢伙少囉嗦！」

「會長這樣說好嗎？故事寫到這裡，還不清楚我們的繪師會請哪位來負責。換句話說，沙優娜的造型有可能變成醜到沒人性的醜女喔。」

「哎呀，特別顧問！根據大叔我的情報，負責這部作品的繪師可是かれい老師！」

「竟有此事……這就令人驚訝了呢。沙優娜會被畫成可愛的女主角臉孔。」

「那有什麼好驚訝的，既然我是女主角，當然要有張可愛的臉蛋！」

「不，我驚訝的並不是那一點。之前電擊文庫編輯部的阿南和土屋嘀咕過：『才沒有聖人君子肯替這部爛小說畫插圖吧。』出版企畫還因此碰壁——我以為繪師缺到最後，全體角色都會變成有象畫的火柴人造型。」

「敢那樣出版的話，那些犯罪者往後就不能再自稱作家和編輯了啦……話說才短短幾行字，就把這部小說的相關人員名字全部扯出來，會讓人覺得莫名奇妙耶？」

「順帶一提，替這種低劣的作品擔任插畫，事實上就是讓聖人君子(かれい老師)的經歷留下了汙點，大叔我的良心和胯下都對此感到隱隱作痛！悖德感實在讓人興奮！」

「你這低劣的象徵給我閉嘴！」

——總結來說，會長這次的委託，似乎就是希望賢勇者設法處理柚芷這個打算復仇的少女。意思並不是幫對方復仇，反而還要一面攪局，一面把她引回跟嚴肅劇情無緣的正途……這是會長的說法，頗為奇妙的一樁委託。

「唔嗯。因為收拾不了局面，旁白敘述就把事情精簡地做了彙整。不過會長，這個名叫柚芷的女性目前究竟在哪裡呢？倘若要從找人開始著手，感覺這項委託還挺費工夫的。」

「啊，這點你可以放心。大叔我料想到有這種情況，已經叫闢嚴會做了安排，以便讓她遇上自己的仇家！」

「很像配對服務呢。」

「既然都做到這種地步，事情不是由你們自己解決就可以了嗎……？」

「沙優娜，妳那麼說的話，我們可就沒有差事了。既然知道雙方會在什麼地點碰上，我便有手段可用。請交給我吧，會長。」

「拜託你嘍。大叔我當天也會幫忙～！」

「老師，請你用這個人當代價，把尤金先生召喚過來。」

「那樣會召喚出一百多個尤金喔。」

「那個人的召喚代價到底多便宜啊！」

尤金在自己不知道的地方讓人看輕了——

「哎呀，場景轉換的時候到了呢。去吧！」

「大叔我前陣子也有在促銷時採購，就順便扔一個吧！」

「原來那個市面上有賣啊……」

**

「——負責帶路的就是你們？」

向師徒倆這麼搭話的人，是眼裡湛著昏沉光彩的復仇少女——柚芷。

「是的。恭候大駕。請問是柚芷小姐嗎？」

艾達飛基爽朗地向對方要求握手，柚芷卻轉開目光予以拒絕。

「……報上姓名並沒有意義。不要跟我扯上關係。你們只要幫忙引路就好。」

「唔哇……老師，這個人好誇張喔。感覺像走錯棚……」

「難怪會長對她耿耿於懷。跟我們生活的世界觀（作品類別）有差異。」

「真可憐……」

「還咕噥些什麼？說知道那個男人在哪裡落腳的就是你們吧？假如想騙我，最好做出相應的覺悟。」

柚芷亮出一把利刃，並且怒瞪而來。可是，那對艾達飛基完全不管用，而沙優娜想到接下來會發生的事，只能對她感到同情。

「我們倆是負責帶路的艾達飛基與助手沙優娜。我們這邊絲毫無意跟妳起爭端，請別見怪。柚芷小姐，姑且做個確認，記得妳要找的人是——」

「——獨眼男子。額頭與右臂有蛇形刺青，頭髮顏色是染血般的紅——而且，長得跟鬃毛一樣倒豎。畢竟長相醒目，我可不覺得有辦法錯認。」

「原來如此。聽敘述，是鄉下的落魄混混。那八成不會錯了。」

「老師，你別一口氣把對方形容得太渺小比較好吧……」

「先聲明，無須你們插手。帶完路，你們就可以消失了。」

「請問柚芷小姐是處女嗎？」

「老師你這樣對話沒有成立啦！」

「處女是什麼意思？我不打算跟你們廢話。動作快。」

「這個人純真得不得了耶！好耀眼！」

「是妳心靈汙穢而已，沙優娜。」

「不，隨便問一隻野貓也曉得處女是什麼意思啊。」

才沒有那種事啦，艾達飛基心想。但他無意轉型成吐槽角色，因此閉口不語。最近徒弟的潛能成長之快，讓他感到背脊有些發寒。

師徒倆將人帶到了陰暗巷道。柚芷要找的仇家似乎就在這前面。闕嚴會已經把人安排好了，所以師徒倆都不清楚細節。艾達飛基終究只負責把她帶到這段路程，換句話說——

「我把異界相傳的概念『怒切』挪用到這條暗巷了。從現在開始，要請柚芷小姐承受『怒切』的洗禮。這項活動的名稱，就叫做『又喜又羞闕嚴道』！」

「老師取名的品味何在……」

「要緊的是內容。來吧、來吧，柚芷小姐，請妳一邊注意腳下一邊前進。」

「你們倆真的是來帶路的？不會是旅行賣藝者吧？」

「接下來要賣藝的人是妳。」

「……？」

柚芷對沙優娜提出的忠告微微偏過頭。然而，她似乎想避免再跟師徒倆再牽扯下去，便打起精神踏進闕嚴道。艾達飛基和沙優娜則是尾隨在柚芷後頭。這次的主角不是師徒倆，而是搞錯登場小說的她。

「沙優娜，第一道『怒切』關卡接近嘍！」

「你好起勁耶，老師。」

「欸，為什麼負責帶路的反而要我走在前——」

柚芷的身影突然消失了。不，她並非消失——而是摔下去了。

「落坑術～！」

「我在第三話也看過這一幕！」

「考量到安全，這個洞跟尤金版不同，我挖得比較淺。另外，洞裡頭鋪滿了麵粉，因此全身會沾得白白的，卻沒有受傷的可能性！」

「既然老師可以考量這麼多，為什麼對尤金先生就要出殺招呢……還有在大多數場合，落坑陷阱應該是用來收尾的吧……？」

重視流程的徒弟，向一開始就直衝高潮的師父提出疑問。此外，沙優娜並未參與闢嚴道的製作，因此她並不知道這裡有什麼。掌握全貌的人終究只有艾達飛基。

這樣柚芷應該就轉來同一棚了吧——師徒倆如此心想，柚芷卻從坑裡捲起麵粉，隨著風一同縱身而上。她的模樣，根本就沒有被麵粉沾滿全身！

「——那傢伙設的陷阱。該不會是用來對付入侵者的？」

「陷阱是我們設來對付妳的，但我看還是瞞著別說好了。」

「雙、雙方情緒落差好大……」

沒想到落坑術會失效，沙優娜難掩動搖。柚芷本身似乎有什麼莫名奇怪的誤解，但是落坑這種經典的陷阱沒發揮效果，在故事進行上會非常困擾。

因此艾達飛基彈響手指，展開了補救。

「去吧！」

於是全裸的會長不知道從哪裡冒出，再次把鬆懈的柚芷推進了坑裡。

「發生何事——……」

「去吧去吧去吧去吧！咳～我呸！小雞雞！」

而且他朝跌進坑裡的柚芷丟了大量麵粉袋，還吐痰罵髒話當作殺手鐧。

那副臉孔簡直鬼氣逼人，對嚴肅的女方看似格外難容。

「我還想說怎麼沒看見那個人，原來他是用這種形式待命……」

「沒錯。順帶一提，我用了『只有肉體會消失的魔法』，目前除了我們倆以外沒人看得見會長的身影。為此他才會全裸！」

「在現實中沒人看得見身影的狀態嗎！」

「大叔我要用這種透明化魔法，盡情報復那些看不起我的女人……！」

「可是他講的話好像哪篇黃色漫畫的橫幅廣告！」

「那好比表明自己的決心。那麼會長，麻煩你等候下一次出場的時機。」

「大叔，透明化魔法，暗巷。不可能什麼事都沒發生——」

「趕快離開啦！」

沙優娜一吼，會長就搖著屁股和胯下不知道消失到哪裡去了。

那個人在等候的期間，恐怕都在做觸法的事吧。讓他去死一死算了，沙優娜坦然認為。

等了一會兒，沾得滿身麵粉的柚芷便從坑裡頭爬了出來。太多麵粉沾在她身上，一瞬間甚至讓人認不出來她是誰。

「…………」

「這樣妳跟我們就是同一棚的了。歡迎來到檯面下。」

「是我疏忽了。那傢伙不好對付——我切身體認到了。該慚愧的是我自己。抱歉讓你們久等了。我們走吧。」

柚芷呼了風，將落在自己身上的麵粉吹掉大半。然後她不改毅然臉色跳過坑，再次於鬪嚴道上邁進。

「她沒有聽進去，而且好像都不管用耶……」

「會長的痰沒有吐中算是敗筆吧。也罷。反正鬪嚴道還長得……！」

（我在做什麼啊……居然妨礙別人復仇……）

沙優娜冷靜想想便覺得空虛，但她甩了甩頭蒙蔽自己。

接著沙優娜跟在師父後面跳過坑洞——卻因為體能不足，照樣摔了下去。

「啊啊啊啊啊啊啊啊啊啊啊！」

「笑點正好**落在妳頭上**。」

「咳咳咳，哈啾！咳咳！老師，我揍你喔！」

「妳在做什麼？假如會扯我後腿，不如回去吧。」

沙優娜苦哈哈地爬了上來，柚芷一邊呼風替她吹走麵粉，一邊用冷漠的臉孔說道。

「……老師。」

「什麼事，沙優娜？」

「我們就讓那個女人……形象全毀吧……」

「嗯～活脫脫的惡女。」

在因為惱羞而覺悟完畢的沙優娜陪同下，艾達飛基追向匆匆離去的柚芷。

第二個設機關的點正好來到眼前。

「接下來有什麼機關啊？」

「看了就曉得。踩到定點的瞬間，我設的傳送魔法發動以後——」

「……！有殺氣！」

匡啷——！

「——從上空就會有金色臉盆砸下來！」

「請老師把這種樸素的機關安排在開頭啦。」

跳開的柚芷躲過金色臉盆襲擊後，又在著地的位置踏中金色臉盆的啟動點。之後她不停反覆這段過程，鏗鏘匡啷的聲音在暗巷裡響了好一陣子。

而且——所有金色臉盆都被柚芷澈底迴避。

「真是詭異的攻擊方式。被這東西砸到應該會痛，卻不可能傷得太深。」

「聽說老牌爆笑劇用這套都非常小心，因此受傷的話可會意外嚴重喔……」

「老師反駁的地方錯了啦……」

「可是我得讓她了解綜藝節目的效果才行。補救開始。」

「原本的主旨是那樣嗎！」

艾達飛基再次彈響手指。於是不出所料，全裸的會長拿著金色臉盆拔腿跑來。除了師徒倆以外的人，應該會看成有金色臉盆在飛才對。

會長高高躍起，朝著鬆懈的柚芷——將金色臉盆砸下！

「中！」

「唔哇！」

「補救得漂亮，會長！」

「與其稱為補救，這不就是硬來而已嗎……」

「不好意思，大叔我正在跟留學生丹尼爾一起攻略人妻！再會！」

「別人明明就看不見你耶！」

會長如狂風般離去。柚芷則因為頭部突然遭受襲擊，捧著頭縮成一團，表現出極為正常的反應。

「……唔！沒想到……意外地痛。不過，我不能停在這裡。」

「老師，是不是再多砸幾十下會比較好呢？」

「又不是門外漢在整人，尺度不可以拿捏錯喔。」

「可是我覺得我們也不算行家耶……」

儘管腳步有些搖搖晃晃，柚芷又開始前進了。她身上瀰漫的嚴肅氣場十分堅定，似乎仍未被打破。要讓她淪落至我方的搞笑時空，究竟得耗多久呢？

如此心想的沙優娜跨了一步——

匡啷！

「唔啊！」

——她踩到剩下的金色臉盆啟動點，腦門直接被砸中。

腳步踉蹌的沙優娜又接連踩中剩下的機關，將臉盆全數承受於一身。用頭接、用臉接，還伴隨她所能做出的最大反應。

「唔呀啊啊啊啊！」

「…………」

「啊啊啊啊……！」

「…………………妳一個人在弄些什麼？要繼續走嘍。」

「吐槽多用點勁嘛，混帳！」

但是老師卻不肯奉陪。沙優娜稍微積極點就落得這種下場。

在東拉西扯之間，柚芷抵達了第三個設機關的點。

「又有殺氣——」

「先說一句有殺氣，看起來就會像感應敏銳型角色，真是方便呢。」

「老師不用討論那些小伎倆了……接下來會有什麼呢？」

「接下來就是久候多時的——」

『絨絨～！』

「——淫獸登場！」

「啥淫獸！」

有隻瘦瘦小小的黃褐色野獸，在柚芷腳邊竄來竄去。牠的體毛既柔軟又蓬鬆，摸起來的手感似乎很棒。外表也像老鼠及松鼠一樣，樣貌非常可愛，唯獨淫獸的名稱顯得格格不入。

「好、好可愛……老師，牠到底是……？」

「淫獸。」

「請不要用一句話就帶過！跟住在**我們家的那隻**比，牠更適合填補吉祥物的缺耶！」

「牠是夢想在《出包王女》參演的淫獸。」

「懷有在各種意義上都無望實現的夢想……！」

柚芷正盯著腳邊的淫獸。淫獸毫無戰鬥力，利刃一揮應該就能令其喪命。復仇者當場蹲了下來——然後就若無其事地邁步前進了。淫獸……並沒有留在現場。

「請、請等一下！妳把淫獸弄到哪裡去了？」

「淫獸？別說莫名其妙的話。這裡什麼都沒有吧？」

柚芷帶著佯裝不知的表情回答。她的胸口有東西在竄動，不過她似乎想將什麼事情都沒發生的態度裝到底。

「老師！淫獸被她外帶了啦！」

「唔嗯……可是從淫獸的立場來想，被收進柚芷的衣服裡正合其意吧。牠身為淫獸要得償所願，也就只有現在這時候了。」

「你們淫獸淫獸的是在叫誰？牠可是我的搭檔絨次郎耶？」

「見面兩秒就取名！」

「淫獸！努力作怪吧！這是你的職責！」

「喂，別亂動。好了……我們走吧。」

淫獸做不出什麼猥褻的行為，就直接被人馴服帶走了。

柚芷倒是一臉溫馨地走在前頭。雖然淫獸沒有盡到本分，以結果而言應該也算成功減緩了她身上的嚴肅氣場。既然結果ＯＫ，艾達飛基便姑且接受。

「……老師，請問淫獸就只有那一隻嗎？」

「哎呀？沙優娜，妳也想要淫獸嗎？」

「與其說我想要，人家畢竟是女生嘛？可愛的生物難免會吸引到人家，老實說，我想帶一隻回去耶……」

「不過很可惜，那隻淫獸會在女性的豐滿乳房間築巢。假如妳也一樣把牠收進衣服裡，淫獸無法築巢就會陷入恐慌狀態，十之八九會死才對。我總不能將淫獸帶到那片毫無未來的荒野。」

「像那種淫獸還是絕種吧！」

「因此說代替不太恰當，但我準備了另外的淫獸來補救。」

「呼……呼……小妞，叫我嗎？欸，妳有叫我嗎？有沒有……？」

不知不覺中，呼吸急促的淫獸(會長)就聳立於沙優娜的身後。

「你給我滾回丹尼爾身邊！」

「白帶魚……♥」

「名稱容易讓人想歪的生物系列？」

「請不要用莫名其妙的系列來玷汙魚類！我們要走了啦，繼續走！」

「真冷淡。沙優娜，明明會長可是少數從妳身上感覺得到性魅力的男性。」

「我為什麼非要負責吸引怪物啊！」

沙優娜把對方罵慘了。當師徒倆分神在怪物身上時，柚芷已經抵達下個設機關的點。多理一下我們這邊啦——沙優娜暗自嘀咕。

「欸，好像有什麼東西擺著。」

停下來的柚芷指了位於暗巷角落的東西。

——有長桌，桌上的盤子還盛著三塊物體。極其不自然的擺設。

「唔嗯。這似乎是名為泡芙的點心。看來有三顆，但是押錯寶的話，其中一顆泡芙好像包著超辣奶油。雖然我沒有確切的佐證……感覺不解決掉這些就無法繼續前進。」

「你懂得真多。」

「才這麼一句就可以把事情帶過，走嚴肅戲路的都是傻子嗎？」

順帶一提，前方設有薄薄的透明牆壁，因此真的沒辦法前進。

當然，這只是艾達飛基用魔法在進行妨礙而已——然而柚芷似乎沒有發現。或許她真的是傻子。一路都走搞笑戲路的徒弟，對柚芷抱有些許這樣的偏見。

「剛好我們這裡有三個人，總之就一個人拿一顆吃吃看如何？」

「不錯耶！就這麼辦吧！」

沙優娜立刻就贊同了師父的提議。以流程而言，艾達飛基會曉得怎麼選才能押對寶。而且他顯然就是要讓柚芷選錯，這是已經確定的。換句話說，沙優娜可以悠閒地大啖甜點，並且欣賞嚴肅女被辣得死去活來的模樣。那樣的情境應該能讓泡芙變得美味幾百倍。

「窩喔唔唔呼呼呼，哈嘿哇哇咿。」

然而，兩邊臉頰鼓得像倉鼠的柚芷，卻吟出了無法解讀的語句。

「老師，這女的吃了兩顆耶！」

「居然被先發制人……不愧是嚴肅仔，大意不得呢。」

「欸，這個人的行動是不是從剛才就偏搞笑了？她的臉簡直像養肥的金魚耶！」

「……唔。看來裡面沒有下毒。」

「而且她似乎兩顆都選對了。」

「只剩有毒的！」

「丟掉不就好了嗎？」

柚芷不以為然地說道，沙優娜儘管臉色微妙還是點了點頭。

然而，一臉嚴肅的艾達飛基卻搖頭了。

「不能糟蹋食物喔。當我們改編成動畫時，這樣會惹廣播倫理機構生氣。」

「老師你擔那種心就跟操煩明天世界毀滅要怎麼辦一樣空虛耶。」

「不好意思，我想繼續趕路。要吃的話就吃，能不能請你們快點？」

「讓我揍她好嗎，老師？」

「妳似乎不擅長跟女性角色好好相處。那就拜託妳了，沙優娜。」

果然是這樣——沙優娜將遞過來的泡芙接到手上，並且仰望天空。

接著，她毫不猶豫地張口咬下那顆鐵定包著超辣奶油的泡芙——

＊

「終於來到設機關的最後一個點了。」

「…………」

「哎呀？怎麼了嗎，沙優娜？瞧妳一副像是切菜板的臉。」

「……沒事，沒什麼。我只是對殘酷的場景被刪掉而感到震驚而已。還有我像切菜板的是胸部。」

「不要緊。只要細讀字裡行間，大家應該都曉得妳後來怎麼樣了。」

「請不要講得像是教國文的老師一樣。」

令人驚嘆連連的柚芷突破關嚴道，剩下的陷阱終於只剩一道。

坦白講，感覺師徒倆差不多已經把柚芷拉到**這一棚**了；即使如此，她本人還是毫不掩飾要嚴肅的模樣。只欠臨門一腳——艾達飛基重新下定決心。

順帶一提，他對沙優娜則是決定放著讓她靜一靜。

「我姑且向老師在流程上做個確認，最後安排的關卡是什麼？」

「妳現在就會曉得嘍。」

「唔！有水桶……浮在半空？」

柚芷停下腳步，並採取警戒態勢。在她眼裡，會看見有兩個水桶好似浮在半空。另一方面，沙優娜則是看見一臉威風的全裸大叔，活像被處罰而在暗巷裡提著水桶的景象。

艾達飛基從最初就亮出大叔這張王牌，令沙優娜腦裡迸出不好的預感。

「可能有魔物。你們兩個退後。」

「那就承妳好意嘍。」

「魔物還比他像樣幾兆倍。」

「人人心中，皆有放養的魔物——」

只聞其聲的會長當場消失。雖然事前就曾提及，但會長的體能一反其外表，似乎非常高超。柚芷反射性地緊盯水桶的殘影，會長卻用遠勝其眼力的速度，把其中一個水桶的內容物潑到她身上。

「────名為性慾的魔物。」

「請不要放養那種魔物。」

「唔……！這是……什麼！」

潑上來的液體透明無色，別無氣味。那是類似於水的玩意兒。

可是，那種液體居然滋滋作響，還讓柚芷的衣服逐漸融解！

「這正是我從幼年就拚命研發並反覆改良的產物，其名為『想看裸體液』！」

「老師要多花一點心思取名啦！」

「我受了《出包王女》的強烈影響才做出來的，看來效果十足呢。先做個說明，那種液體只會融解衣物的纖維。對人體並無影響。完畢。」

「這種水準不需要說明耶……」

柚芷似乎避開了直擊，身上留著的衣物纖維勉強可以遮掩局部。然而，也許是羞恥心難免受不了，她紅著臉瞪向四周。

「卑劣……！竟然用這種方式剝奪對手的防禦力……！」

「原來要嚴肅的人被扒光衣服，解讀的方式會差得這麼遠。」

「小妞……？妳怎麼好像無關己事地在觀察呢……？」

「有殺氣！」

「遭殃前才那麼說也已經晚了喔，沙優娜。」

水桶有兩個——代表事情就是如此。由於會長強烈要求，艾達飛基專程準備的兩桶「想看裸體液」，就朝著自以為身在局外的沙優娜襲來。體能頂多只比常人強一丁點的沙優娜，被潑了個正著。

「呀啊啊啊啊啊啊！要被畫成插圖了～！」

沙優娜幾乎被扒成精光，結果就忍不住叫了出來。

「前所未聞的尖叫詞。」

「充血充血充血！」

會長的小會長充滿精神地站了起來。忠實於慾望。儼然就是根慾棒。

「那我們繼續前進吧。」

「老師選擇在這種情況下進軍嗎！」

「可是……我不能停在這種地方……！」

「不，妳就停下來改去服飾店之類的地方吧！現場四個人有正常穿衣服的，只剩平時愛脫光的老師而已了耶！」

「四個人？三個才對吧？」

「狀況說明起來好麻煩！」

「我只是以結果而言脫掉了衣服，可不表示我愛脫光喲。」

「不過，她說有四個人是嗎……有了。我想到好主意了。」

不知道柚芷究竟從剛才的對話得到了何種靈感，她動手在身上摸索。不久，柚芷再次帶著充滿自信的臉孔邁出了步伐。

而她的胸前——有隻把身體拚命伸長的淫獸巴著不放。

「用絨次郎遮著就好了。」

「這個人果然笨得可以嘛！她是披著嚴肅外皮的傻子啦！」

「打扮變得像是瀕臨下海的不紅寫真女星了呢。」

「有什麼辦法。那邊的妳也不能一直用手臂遮著胸部吧？」

「話是這麼說沒錯……不過我又沒有淫獸。」

「沙優娜與其說是用手臂遮著胸部，看起來更像是在對自己施展金勾臂。」

「請老師不要發表有損我魅力的感想好嗎！」

然而，這樣下去會沒完沒了。迫不得已，艾達飛基只好從懷裡取出某樣道具，然後遞給

沙優娜。

「用這個，沙優娜。」

＊＊

「這是老師在場景轉換時拿來扔的符號吧！要我怎麼用啦！」

「我這就教妳怎麼用。這個原本是研發來貼在乳頭上的異界道具，名為『無效券』（nipples）！是由我的祖父製作出來，並且流通到市面上的。」

「那為什麼老師之前都在場景轉換時拿來扔！」

「因為賣不掉有剩。」

「清理庫存嗎！」

「順帶一提，大叔我對貼完後立刻撕掉的快感最沒有抵抗力了！誠心推薦！」

「就是因為這種人在推銷才賣不掉喔。」

「雖然我不太懂你們在說什麼，趕快貼一貼就繼續走吧。」

「妳應該要懂啦，淫獸遮胸女……！」

「『無效券』還有多一枚，先來換個場景吧。」

「以後老師每次切換場景時，我都會想到扔出去的是原本要貼在乳頭上的東西……」

＊

「——這裡就是那傢伙會出現的地點？」

「對。雖然對方似乎還沒到。」

「是嗎……終於到了這個時候。」

「就算妳講得再嚴肅，在場的我們可是胸部外露的兩個變態女喔。」

「……有殺氣！」

「那句臺詞真的很方便耶！」

沙沙聲響在暗巷的一角傳開。現場只有兩個胸部外露的女人、錯過機會脫衣服的賢勇者，以及處於隱形狀態的狂人。

而闖進來的新人影，正是柚芷尋仇的目標——

「我絕對要親手殺掉——」

——出現的人，是個全身沾滿麵粉還被砸得頭上腫了好幾包，嘴巴周圍被奶油弄得髒兮兮又用淫獸遮著胯下的全裸男子。

「————請問你是哪位……？」

「欸，老師，為什麼她的仇家也中了全套陷阱！」

「這裡剛好是暗巷的中間點，而我在對方過來的路線也安排了同一套陷阱。他居然會捧場到全部中招，這點倒是令人始料未及。」

「那個人的閃躲能力跟我差不多吧……？」

「順帶一提，『想看裸體液』只有交給會長的那兩桶。」

「那不是表示這個鄉下的落魄混混從一開始就全裸嗎！」

還有，因為麵粉把特徵明顯的頭髮和刺青都遮住了，實際上連對方是不是柚芷的仇家都無法分辨。唯有獨眼這一點勉強還能靠戴著的眼帶分辨。

「我不知道自己該不該殺他……！」

「她這邊終於也有正常的反應了耶！」

「你們這些傢伙——」

鄉下的變態發出了低吼般的嗓音。聲音之所以略顯沙啞，或許是因為超辣奶油傷到了喉嚨的關係。

「——穿得那麼不檢點都不會害臊嗎？」

「要你管啊！」

「你憑什麼講別人呢……？」

不檢點的兩個女生同時回嘴。對方的觀念似乎意外地正常。

「……特別顧問，能不能幫大叔我解除透明化？」

「要解除是無妨……你不用再陪丹尼爾了嗎？」

「對啊。反正人妻已經完全淪陷（跟丹尼爾好上）了。麻煩你。」

「我明白了。那就恢復原狀吧！」

如會長所願，艾達飛基將圍繞在他身上的透明化魔法解除。接著，會長闖進相互對峙的變態與不檢點女生們之間。

「這次是怎樣……！又多了個不穿衣服的人……！」

「老、老師，為什麼要解開那傢伙的封印！」

「是他本人希望的。」

「理由也太普通了！」

「你是什麼人？一身不檢點的模樣都不會害臊——」

「大叔之拳！」

全身白的變態話還沒講完，肉色的變態就一拳把人打倒了。突然的舉動讓上半身呈現肉色的不檢點女生們為之訝異，唯一穿著衣服的賢勇者則著實後悔錯過了脫衣服的時機。

「——復仇到此結束。這個男的再也無法振作啦。」

「咦……？怎麼會，你為什麼——」

「所以，妳別再當嚴肅仔了，柚芷。」

「——爸爸！」

「…………咦咦咦咦咦咦咦咦咦咦咦咦咦咦！」

「轉折來得真突然呢。」

會長重新面向柚芷，柚芷就叫那個大叔爸爸。沙優娜原本還以為他們有可疑關係，不過看來並非那麼一回事。

他們倆有血緣關係——親生的父女。

「抱歉隱瞞了你們倆，特別顧問還有小妞。柚芷，是大叔我的女兒。」

「我多少有察覺到，不過果然是這樣啊。」

「話說之前有什麼要素能讓人察覺到那些嗎？在這種三流搞笑小說裡。」

「或許妳重讀一遍就會不經意地發現。」

「為什麼……爸爸會來這裡……」

「毋須多談。女兒墮入了復仇之路，哪有父親會放著不管。」

「這不正是理想的父親嗎？」

「我剛才重讀以後，就發現那個人渣對親生女兒灑麵粉、吐痰、砸臉盆，最後還潑了液體扒光她的衣服耶。」

這哪裡叫理想的父親啊，沙優娜先做了總結。當下故事已接近收尾，她只是在阻止那個大叔的評價被抬高而已。

看來會長似乎是為了阻止親生女兒復仇，才會委託艾達飛基幫這個忙。儘管不明白他為何要隱瞞實情，但沙優娜也沒有多大興趣，因此就不問了。

「柚芷，往後妳要當個普通的女孩子。別為復仇搞得一身憔悴——」

「……………憑……什麼……」

「嗯？」

「你憑什麼，對我……說這種話……！追根究柢，媽媽就是聽說你犯了罪會被抓，才跟你離婚的！後來她一介女子為了養育我長大，還不惜出賣身體吃盡了苦頭！明明就是因為這樣，媽媽才會被壞人騙，連性命都讓人奪走了！」

「那傢伙正是害柚芷變嚴肅的一切元凶嘛！」

「那可就錯了，柚芷。妳媽媽本來就是妓女，賣身應該苦不了她才對！」

「人渣界的神級皇者才講得出這種話啦！」

「到這個地步，不好判斷是否該笑呢。」

「我真正想殺的人——是你！此刻，我要在這裡做出了斷！」

柚芷拔出利刃，帶著鬼氣逼人的表情怒吼。另一方面，全裸的禍首搔搔後腦勺，頭冒問號似的把脖子歪向一邊說：

「奇怪……是哪裡出了差錯啊？」

「錯在你的為人之道啦！」

沙優娜傾全力痛斥，卻完全打動不了對方。會長反而還左閃右躲，連連避開柚芷揮的利刃。柚芷的實力絕不算弱，反而要歸類於強者的範疇，但神級人渣的強度超乎女兒想像。

「會長，請問我們該怎麼做好呢？有必要的話，我倒是可以助陣。」

「不，反正柚芷的仇家由大叔我直接解決了，感覺像這樣直接陪女兒玩鬧也是一種樂趣！我感謝你們倆！謝了！」

「為什麼！為什麼砍不中！」

「那傢伙邪惡到不行耶……我的雞皮疙瘩都止不住……」

「換個作品類型，會長應該可以登上瘋狂反派的寶座。哎，之後算是他們父女間的問題，我們已經幫不上忙了吧。事情就此告一段落！」

「根本什麼問題都沒有解決，後勁還比超辣奶油更嗆……！」

這對父女的問題要到哪一天才能解決呢？賢勇者與其徒弟花了點時間在暗巷裡試著交換意見，然而是否有想出解答就無從得知了——

《第五話　終》

第六話◎榮武威與徒弟……………………

Great Quest For The Brave-Genius Sikorski Zeelife

「奇怪……是什麼聲音啊？」

事情發生於某天。沙優娜原本正在艾達飛基住處的門口前拔草，卻聽見天空傳來了「答答答答答答……」的聲音，便停下了忙活的手。

她抬頭仰望，只見陌生的飛行物體正朝著這裡——

砰！

「好痛喔……！怎、怎樣！這是什麼？敵襲嗎！」

飛行物體直接撞到沙優娜的側頭部，就這樣掉在地上一動也不動。沙優娜痛得猶如被石頭砸中，眼含殺意的她瞪向墜落之物。不過，萬一墜落的物體是魔物就太可怕了，因此她沒有靠近確認。

「呼啊啊……出了什麼事，沙優娜？剛才那陣聲音聽起來簡直像輕小說裡的擬聲詞。」

「什麼叫輕小說的擬聲詞啊……老師，請你看看這邊！」

身為師父的艾達飛基一臉愛睏地從屋內現身。

沙優娜把自己腫起來的側頭部指給對方看，彷彿在強調「都腫成這樣了耶」。

「比妳的胸部還腫呢。腫在那個部位，妳不覺得空虛嗎？」

「我現在認為讓你看傷勢才更空虛。」

「說笑的啦。唔嗯，好像有什麼東西飛來了我們這裡。」

艾達飛基說著就把手舉向沙優娜的傷口。於是腫脹在轉眼間消退，傷勢痊癒了。儘管艾達飛基開口盡是那些不正經的話，只要沙優娜受傷或生病，為師的扯來扯去還是會立刻幫她治療。沙優娜為此感到有些暖心。

另一方面，艾達飛基似乎認得墜落的物體，就毫不警戒地湊過去把那東西撿起。

「老師……那並不是魔物吧？」

「嗯。所謂的發明物之一。名稱我不記得了，但是它會自動飛到指定的地點，說來就好比以機械組裝而成的傳信鴿。」

「發明物……？機械……？」

艾達飛基常會動手重現異界的道具，難不成還有別人具備跟他類似的嗜好？沙優娜對此並不太了解。

雖然稱作傳信鴿，墜落之物卻長成圓盤狀，還附了幾支看似小型風車的物體。艾達飛基打開那塊圓盤，取出裡面所裝的東西。

那是一封信。

「哎呀。這可稀奇了，沒想到他會寄信過來。」

「上面並沒有寄信者的姓名之類耶，老師認得出是誰寄的嗎？」

「畢竟就我所知，只有一位仁兄具備這種道具與字跡。妳要看嗎？」

「啊，好的。我看看……」

——有事要借助你這小子的力量，所以過來一趟吧。

一張信箋上就寫著這句話而已，沙優娜不由得跌破眼鏡。

「內容比想像中還短，嚇了我一跳……不過，這是委託老師的信嗎？」

「看來是如此。唉，他並沒有靈光到懂得用書信跟人溝通。那麼，我們準備出門吧。」

「馬上就要動身啊……我明白了。請問這次要去哪裡？」

「王都『雷歐斯泰普』。因為他目前住在那裡。」

「……！」

雷歐斯泰普——如名稱所示，那是雷歐斯泰普王國最大的都市兼首都。這次的委託者，似乎就住在號稱大陸上數一數二繁榮的那塊地方。由師徒倆主動去見對方，以往從未有過這種形式的委託，但艾達飛基既然說要去，當徒弟的注定得隨行。

「話說回來，這塊圓盤要怎麼辦呢？」

「帶去歸還嫌礙事，我對這類物品又屬於門外漢，先埋起來吧。」

「咦……唉，好吧。」

師徒倆簡單準備過後，就啟程出發了。

＊

以往沙優娜陪師父去過各種不同的國家、城鎮及村莊，卻沒有來過人稱王都的雷歐斯泰普。至於艾達飛基似乎來過好幾次，都不必翻閱地圖之類的，就能闊步前行。據說，他在隱世獨居前，曾來過這座都市幾趟。想到這裡，沙優娜突然發現自己完全不曉得師父的過去。

沙優娜剛如此思索，艾達飛基就在大街上的某間店家前停下腳步。還以為師父是要買什麼東西，他便向看似店員的女子開口問候了。

「好久不見，伯母。」

「哎呀，我還以為誰來了呢，這不是小基嗎！你長得還是一樣帥～」

「老、老師，這裡就是目的地嗎？」

「對啊。」

店面陳列著五顏六色的布匹。也就是說，乍看下尋常無奇的布坊裡，有這次的委託者。

難道說這位大媽就是委託者？但沙優娜想起師父稱呼委託者為「仁兄」，因此恐怕不對。

「小基旁邊的可愛女孩，該不會是你的**這個**吧？」

大媽一邊呵呵笑，一邊豎起小指。

「不不不，錯了喔。她是我的**這個**。」

於是艾達飛基就對大媽比了中指。

「老師你未免太狂放了吧！」

「這樣啊，原來她是你的徒弟沙優娜。小基也有一番出息了呢～……」

「妳為什麼看得懂老師的意思啊！」

「哪裡、哪裡，我還不成氣候。不提這些了，耀瑟勒快瑟勒過得好嗎？我接到了他捎來的信，這次才會應邀拜訪。」

「唉，是啊，他過得可好了……不好意思喔，小基，每次都這樣麻煩你。」

「哈哈哈，請伯母別介意。畢竟我跟他是知交。」

「我家這孩子啊，真該以你為榜樣……啊，請進、請進，你們倆都進來吧。雖然家裡沒有什麼可以招待。」

就這樣，師徒倆被領到了布坊二樓。沙優娜逐漸認清委託者與艾達飛基之間的關係了，但她決定先靜觀其變——

「他就在這間房間裡，不過或許還睡著呢。到時候你大可把他挖起床，麻煩你嘍～」

「我明白了。請交給我吧。」

大媽──名為耀瑟勒快瑟勒的委託者母親，在向師徒倆致意後便又回去顧店了。

艾達飛基和沙優娜想打開委託者私人房間的門。然而，那似乎上了鎖，門把轉不動。

「怎麼辦呢，老師？」

「嗯～要施魔法開鎖也是可以，但我看就用踹的吧。」

「為什麼要在這種時候吝於使用魔法呢……」

「耀瑟勒快瑟勒～！我～們來～玩～吧～！」

伴隨輕鬆的呼喚聲，艾達飛基在助跑後躍身而起。儘管這一點容易被人忘記，但是他姑且也繼承了勇者血統，因此在修長外表下有著高超的體能。話雖如此，艾達飛基似乎抱持完全不肉搏的主義，因此對沙優娜來說，看師父發揮腿上功夫在某方面還挺新鮮的。

──於是艾達飛基渾力使出飛踢，將私人房間的門踹破。

「安安嘍～！」

「呼啊啊啊啊啊啊要去了去了去了去了！」

──唔（發射聲）！

滾進房裡的艾達飛基開口打招呼，跟那名男子達到快樂巔峰幾乎在同一時間。

沙優娜帶著冷漠至極的眼神緩緩關上門。她打算直接到王都觀光，然後再回去。

「慢著，妳這娘們想去哪裡？」

然而，下半身依舊顯露在外的委託者，卻把手伸向門予以攔阻。

「我想去沒有你這種變態的地方……」

「妳叫誰變態啊！喂，齊萊夫，在小生的領域之內怎麼會有這樣的娘們？」

「除了變態以外，沒有人會把溼答答的小老弟到處亂甩吧？用不著擔心，沙優娜沒有我允許是無法溜掉的。」

「你、你這小子——該不會這就是那個了吧？你終於成功製作出會自律工作的情趣人偶了嗎！」

「嗯，對啊。」

「我可是堂堂的人類！」

在房間門口吵吵鬧鬧也不是辦法，男子只好邊穿衣服邊把師徒倆領到房裡。儘管沙優娜已經料到了，看來這個叫耀瑟勒快瑟勒的男子，果然也是個怪人。

房間裡昏暗又有各種東西散亂在地，可以踏腳的地方不多。即使跟艾達飛基住處的別院一樣雜亂，感覺這裡和他那間工坊還是有些差異。

「——趁現在先寒暄幾句吧，你倆來得好。小生我名叫『耀瑟勒快瑟勒・沼燮』……像你們這種凡庸之輩，可以尊稱我為耀瑟勒快瑟勒博士。所以說，你倆都讀了小生用『御風之星』送去的信了吧？既然如此，再不情願也該明白小生我具備的能力有多麼優秀才對。」

對方穿上衣服、披上白袍，然後在椅子上坐了下來並翹著腿。他的外表跟艾達飛基同樣修長，個子略矮。留的髮型就像黑色香菇頭，而眼鏡鏡片好似牛奶瓶底，戴在他臉上散發著詭異的光彩。

由於對方外表看起來到底也是個怪人，沙優娜就語帶嘆息地向師父問：

「這個人是什麼來頭啊，老師……？」

「耀瑟勒快瑟勒是我和尤金的童年之交，我們三個從小就常常一起玩。啊，這位是我的徒弟沙優娜。以後還請多加關照。」

「哼。是小生我肯陪你跟萊恩多玩耍才對。話又說回來了，徒弟是嗎？這娘們跟你對女人的喜好差遠了，虧你還願意收她當徒弟。胸脯簡直像鏡子一樣可以把照到的陽光反射回來。難道這是神聖彗星反射力量？你說啊？」

「把我可愛的徒弟當成陷阱卡可不行。」

「我要消滅你們這些做出攻擊宣言的人渣喔。」

「噢，可怕、可怕……然後呢，耀瑟勒快瑟勒。能不能請你談一談把我們倆找來這裡的理由？總不可能是希望見個面而已吧？」

「當然。齊萊夫，我要找的人倒是只有你。不過在那之前，先把小生的『御風之星』還來。畢竟它只裝了單程的燃料，抵達你家理應就不會動了。若然如此，你該把東西奉還給小生才合乎道理。」

耀瑟勒快瑟勒把一隻手伸過來；艾達飛基和沙優娜則望向彼此。

「那塊圓盤已經告老還鄉了。」

「欸，你騙誰啊！小生的房間才是它的故鄉吧！難道你忘在家裡了！」

「老師，說它入土為安了會不會比較正確？」

「那倒也是。它死了。」

「FUUU●K！死了是什麼意思？你毀了它嗎！為什麼！」

「何苦問為什麼呢……你只能等託予信任送出門的圓盤寄影片回來報平安了。」

「別用卑鄙齷齪的NTR情節來暗示我！混帳，不用再說了！」

（雖然有錯的是我們這邊……反正我也被那東西撞傷了，算了。）

耀瑟勒快瑟勒屈服了，對於圓盤的下場便不予追究。照他的說法，那是想做就能立刻做出來的東西。

「至於這些玩意兒，可不是輕輕鬆鬆就做得出來。你們倆先看看這個。」

耀瑟勒快瑟勒說完，就拿出一顆黑漆漆的球體。尺寸差不多可以擺在手掌上，材質略硬。光照到會反射發亮，因此似乎有經過拋光。這究竟是什麼呢？沙優娜完全不懂。

「怪怪的一顆球……」

「凡庸之輩。這看起來像球嗎？」

「莫非是睪丸？」

「居然都沒人識貨！別鬧了！」

顏色再黑也要有個限度吧——耀瑟勒快瑟勒朝老友怒罵。

「反正看著吧。你們這種凡庸之輩，不親眼見識根本就無法理解。」

「那我們就仔細觀摩吧，沙優娜。他要來示範睪丸怎麼用嘍。」

「請老師不要那樣稱呼啦……明明是一顆黑色的球……」

「你下次再叫一聲睪丸，我就要揍人了……！」

除了球以外，耀瑟勒快瑟勒還在牆上掛了塊薄薄的板子。板子是透明的，可以看得見後頭的牆面。材質狀似玻璃板，但又好像並非如此。

接著耀瑟勒快瑟勒緊握黑球，把那朝向師徒倆。於是，宛如鏡子一般，薄板上鮮明地映出兩人的身影。

「哇！這、這個美少女是怎麼來的！」

「…………」

「…………」

「嘖！」

「妳咂舌個什麼勁啊。呃～雖然有傻子破壞示範的氣勢，不過這就是小生發明的『致幻轉碼儀』與『非現實主義圖譜』！如你們所見，『致幻轉碼儀』捕捉到的影像，會即時顯示在這塊『非現實主義圖譜』！」

「罣丸配薄板，就這樣。」

「叫你別擅自取名了吧！」

耀瑟勒快瑟勒氣得踹向艾達飛基，艾達飛基卻輕巧地躲開了。另一方面，出腳的人用力過頭，導致自己摔了一跤。

看來這兩個人在體能方面是天差地遠。

「……這個人講話還滿愛刻意裝腔調作調的耶。雖然開口大罵以後就會露餡。」

「他以前倒是比較可愛一點。啊，請繼續說吧。」

「別替小生我分析形象！混帳東西，不跟你們扯這些了……！喂，娘們，妳講點能讓小生我勃起的詞來聽聽。」

「這不是隨口交代就會有人答應的要求吧！」

「棘手得像是逛窯子的爛嫖客呢。」

「何止棘手，他的腦袋有問題……看起來像全人類都好色的遊戲裡會出現的聲優。」

「——好。已經可以了。」

「咦？」

耀瑟勒快瑟勒按下黑色球體的一部分。隨後，房間裡響起了「叮」的陌生聲響。緊接著，耀瑟勒快瑟勒又拿出白色的「致幻轉碼儀」，再用手指按下那顆球。於是——

『這不是隨口交代就會有人答應的要求吧！』

『棘手得像是逛窯子的爛嫖客呢。』

『何止棘手，他的腦袋有問題……看起來像全人類都好色的遊戲裡會出現的聲優。』

——「非現實主義圖譜」竟然將師徒倆剛才的互動，連同聲音一起播放出來，宛如將過去的情境直接原聲原影地重現。

這究竟是怎麼回事？沙優娜瞪圓了眼睛大吃一驚。

「嚇到了嗎？『致幻轉碼儀』可以像這樣將拍攝的影像記錄下來，之後再播到『非現實主義圖譜』上面！」

「意思是說，先用黑罣丸攝影，再用白罣丸儲存……要播放記錄好的影像，就得操作白罣丸。而薄板則是用來播放影片的顯示板嘍？」

「老、老師說得好容易懂……！」

「給我用正式名稱！」

「要適應那些陌生的自創名詞很累人耶。我想讀者恐怕也這麼認為。」

「你在替誰發言啦！」

先不管名稱，耀瑟勒快瑟勒用的奇妙技術著實令人稱奇。不愧是艾達飛基口中的知交，照這樣看來，他果然並非單純的怪人。

「所以說——你應該不是單純要展示那顆睪丸和板子才對。那麼，你的真意是？」

「當然另有所圖。且讓小生先從結論說起。我想用這些道具，來拍攝『榮武威』！」

「……『榮武威』？」

雖然沙優娜沒聽過這個字眼，但是根據以往的經驗，她已經隱約料到，那不會是什麼正經的玩意兒了。

「唔嗯……原來如此。」

「但是你可別誤解了，齊萊夫。小生我終究只是『肯讓你幫忙』，而不是『想求你協助』。單純是人手不足才會特地選中你，就是這麼回事。你搞懂以後再來幫忙。」

「嗯，可以啊。那麼請務必讓我提供助力。」

「哼。說話真坦白。這是你唯一的美德吧。」

在老交情的兩個人之間，事情越談越有進展。至於被晾到一旁的沙優娜，則是在猶豫要不要插嘴質疑。她想起某個恐怖分子黨會的會長來委託時，自己曾胡亂插嘴而遭殃。不對，為此遭殃本來就很奇怪，所以是那個會長腦袋有問題，然而沙優娜仍感到猶豫。

「怎麼了嗎，沙優娜？瞧妳愣得連乳頭都可以拿來當打鳥的彈丸了。」

「除了淡淡的桃紅色彈丸以外，小生我都不認同。」

「我、我能想到的回話方式就只有叫你們去死……！」

「莫非妳不知道什麼是『榮武威』？」

「啥？喂，齊萊夫，你的徒弟學識是有多淺薄？這算基礎學養吧？」

「如兩位所言，我確實不明白。但我可以確定那不算什麼基礎學養。」

為師的看出徒弟的無知，便默默思考片刻。沙優娜想叫對方別費心，卻還是等著艾達飛基說下一句話。

「會讀這種輕小說的讀者，總不可能對『榮武威』一無所知，因此我不想花太多行數來說明就是了。」

「老師從剛才開始就在替誰代言啊！」

「話說齊萊夫，你不要自然而然就把行數當成時間的單位使用。」

「要簡單用一句話來形容『榮武威』的話，那就是異界的浪漫吧。」

「異界的浪漫……？」

「沒錯。異界似乎有著跟我們完全不同體系的發達文化，當中就有一項跟耀瑟勒快瑟勒重現的相同，會將情境連貫的景象擷取成一整串。」

沙優娜成為艾達飛基的徒弟，已經過了滿長一段日子。而這段期間，多得是機會讓她接觸異界文化。因此沙優娜對異界的知識本身，應該是處在遠比尋常人豐富的狀態。

即使如此，沙優娜仍未聽過「榮武威」這個字眼，對於異界的文化更是不清楚詳情。看來就像耀瑟勒快瑟勒的發明物那樣，異界在「影像」領域的文化似乎非常發達——

「說穿了，異界似乎把色情影像稱作『榮武威』。」

「老師你總結得有夠簡潔耶！還有所謂的浪漫果然就是那麼一回事嘛！」

「女人是不會懂的吧，對於小生崇高的目標與浪漫。」

「我根本不想懂耶……」

「畢竟我們三個，小時候都拚了命地想看異界的『榮武威』嘛。」

艾達飛基瞇起眼睛，回想著過往歲月的光景。雖然他差點忍不住扔出懷裡的「無效券」，卻被沙優娜阻止了——不需要那種回憶場景。

「小生想將『榮武威』的美好，散播給這個世界的凡庸之輩認識，所以只好將其中一環交給你倆分擔。妳懂了嗎？」

「我完全沒辦法理解……何況叫我幫忙，是要做什麼才好？」

「這個嘛，總之拍攝『榮武威』，起碼需要導演、女演員、男演員和攝影人員。然而現場只有三個人——」

「導演除小生以外不作他想。因此，攝影人員和男演員要由齊萊夫兼任。」

「總覺得好像演話劇喔。所以說，你們要的女演員就是……」

「幸好這裡有胸部特別能閃躲刀砍劍揮的沙優娜在。」

「唉……小生認為隨便拍個路邊的雜草都比她強，但這也是不得已。」

「喂，都給我低頭央求。」

兩名男人的無禮態度讓沙優娜為之發飆。耀瑟勒快瑟勒提到的需要人手，現在沙優娜總算懂他的意思了。這確實是一個人忙不來的事。

然而，沙優娜對「榮武威」尚未有正確的理解。

「總之我們盡可能拍看看吧。那麼，沙優娜，請妳把衣服脫掉。」

「…………啥？」

「別一臉傻楞楞地擺出那副蠢樣。小生以導演身分對妳下令，脫。」

「為……為什麼需要脫衣服？」

「沙優娜，剛開頭就要挑戰著衣情色的話，難度可不低呢。」

「反正妳的身材脫不脫都沒多大差別，趕快脫。而且要亮出妳用來打鳥的彈丸。」

「有差別啦！信不信我脫了衣服就會把你射成蜂窩！」

沙優娜大呼小叫吵個不停，艾達飛基才又對她說明關於「榮武威」的詳情。

換句話說——這是要拍攝男女結合的流程，從頭到尾。

「我絕～～對不要！為什麼我非得跟老師超電磁合體！」

「這娘們的比喻品味好怪。」

「我是要放心什麼啦！」

「請妳放心，沙優娜。」

「因為我也不要。」

「小心我殺了你喔！」

「妳這娘們到底是想維護尊嚴還是不想，把話講清楚啦！」

女演員面有難色，攝影便始終沒進展——身為導演的耀瑟勒快瑟勒嘆了氣。

語帶焦躁的耀瑟勒快瑟勒，朝沙優娜短短罵了一句。

「下次再抱怨就罰妳騎高潮腳踏車。」

「罰我騎高……你說的那是什麼！」

「據說存在於異界，可以讓人同時獲得舒適與快感的移動手段之一。」

「照老師的說法，就是類似湯匙加叉子的設計理念……？」

「娘們，那才不是『旨在將兩種方便組合在一起』的產物啦！」
「要談到人生中用上的機會之少，或許高潮腳踏車和叉匙各有千秋呢。」
「啥？我在人生中用上叉匙的頻率可是高了一千倍耶？」
「哪可能用得到那麼多！妳這娘們是多愛用叉匙！」
「照沙優娜的算法，等於騎過一次高潮腳踏車的人會用過一千次叉匙。」
「話說這娘們好像從剛才就腦袋搭錯線，亂可怕的……！」
「總之我絕對不脫，更不想讓你們記錄下來！」
「傷腦筋了呢。既然如此，只好強迫她進行組合（Build up）……」
「那種做法小生不允許。小生的出道作得在雙方同意下進行指揮挺組合。要說的話就是走正統路線才符合理想，不認同戲路轉型。」
「畢竟第一部作品就是青春校園輕懸疑嘛。」
「老師在講誰的事情啊？」
耀瑟勒快瑟勒咂嘴一聲，便讓沙優娜坐到自己房裡的床鋪上。然後，他讓艾達飛基拿好黑色球體預備，自己則在椅子上坐穩。
「我們換個思考方式。反正這娘們只有特定的小眾客層會接受。這次攝影所求的，終究在於測試『致幻轉碼儀』與『非現實主義圖譜』，以及『榮武威』的拍攝雛形，就當成所謂的前導片來進行。只拍片頭也無妨，你開工吧，齊萊夫。」
「我明白了。接下來請回答我的問題，高潮叉匙小姐。」
「老師我真的會揍你喔。」
擁有眾多不體面綽號的沙優娜，身為女主角難免發火了。
艾達飛基用安撫野馬的要領出聲勸阻後，便進入攝影階段。
——那麼，先請妳告訴我名字好嗎？
「咦？已經開始拍了嗎？呃～我叫……沙優娜。」
——妳胸部好小耶（笑）。年齡呢？
「我1＊了耶。」
——1＊歲？胸部長成這樣？
「請老師把攝影機停一下。」
「那不叫攝影機，而是『致幻轉碼儀』。別搞錯，凡庸之輩。」
「怎麼了嗎？」
「還問怎麼了，剛才那是什麼怪聲！」
每次提到年齡就會有某種尖尖的聲音響起，沙優娜便打斷攝影。拿著黑色球體掌鏡的艾達飛基，就用空著的手亮出「無效券」。

「我這『無效券』啊，其實有用力握緊就會發出高音的附加功能。」

「功能再沒意義也該有限度吧……」

「呃，不過小生也認同齊萊夫的機智。也就是讓觀眾有妄想的空間。透過那種消音手法，這娘們年紀的前一位數就有了0～9的幅度。」

「有人看見我會代入0或1嗎！」

「妙就妙在刻意掩飾啊。那我們繼續拍攝吧。」

「話說回來，為什麼我們要拍這種問答的過程……？」

「別顯露妳的無知，娘們。談到『榮武威』的醍醐味，就是在片頭的訪談。」

誰曉得那些啊，沙優娜心想。然而，無論徒弟怎麼想，為師的都已經自顧自地開始攝影了。艾達飛基再次**融入**自己扮演的角色，並且對女演員沙優娜拋出問題。

——妳的經驗人數呢？

「我還沒有殺過人。」

——這樣啊（笑）。

「喂，先把這齣爛戲停掉。」

導演打斷攝影說話了。

「你倆剛才是在講什麼？」

「經驗人數啊……？」

「哪個世界會有問到經驗人數，就跟殺人扯在一起的神經病啦！」

「呃，一般談起經驗人數，不是都會想到幹掉的人數？」

「誰會啊！妳活著都在想些什麼！」

「是上過的人數才對喔，沙優娜。」

稍改用詞的艾達飛基告訴沙優娜以後，沙優娜就紅著臉微微嘀咕：

「咦……！呃～這個嘛，我想差不多是零……跟一之間。」

「娘們，別替自己添上名為虛榮的解讀空間。」

「何況妳現在講也沒有拍到喔。」

艾達飛基嘀咕似的說完，就把黑色球體擱到了地上。

「更重要的是——我對沙優娜提不起幹勁。能不能讓我卸下男演員之職啊？」

「以理由來講是不得已……但你專注於拍攝的話，就會缺男演員。那樣拍出來的便不是『榮武威』，而是這娘們毫無實用性又魅力零蛋的『相武威（IV）』了吧？就算說是前導片，那並非小生我所要追求的。」

「為什麼我身為女演員的尊嚴不被放在眼裡？」

「不要緊。因為我從一開始，就打算補起這塊缺少的拼圖。」

「你有什麼法子嗎，齊萊夫？」

「是的。既然缺男演員——把男演員叫來就行了。」

（我可以猜到接下來的發展……）

艾達飛基彈響手指，在耀瑟勒快瑟勒的房間裡，便有一道光輪浮現於半空。光輪閃爍了一下，然後就隨著「咚」的聲音，排出了某樣物體。

緊接著出現的是——全裸的尤金。

「…………」

「我就知道！」

「喂喂喂，萊恩多根本就已經準備好了，可真是男演員的楷模！」

「提供體液的一流男演員，就連衣服都鮮少穿上呢！」

「…………」

尤金左右張望，認出沙優娜和兩位老友的身影。接著他扭響脖子，緩緩走向艾達飛基。使盡全力的拳頭隨即砸在艾達飛基臉上，跟著反手一拳就粉碎了耀瑟勒快瑟勒的臉和眼鏡。所費時間連一秒都不到，而且不發一語，極為輕易的殘暴行徑。

「喂。」

「是、是的，尤金先生！」

「先拿套衣服給咱。」

「馬上就來！」

他的嗓音完全不帶感情，打從心裡害怕的沙優娜只好照辦。沙優娜沒辦法像艾達飛基那樣傳送人類，但是傳送無機物她還辦得到。雖然不確定尤金是否知道這一點，沙優娜卻無比慶幸，還覺得自己有學魔法實在太好了。這個男演員，比尋常的魔物更危險。

尤金一邊穿上沙優娜幫自己傳送過來的衣服一邊問她：

「你們在搞什麼？」

「呃，這個嘛……」

「話說咱還納悶這裡是什麼地方，不就是阿耀的房間嗎？印象中妳跟阿耀沒有見過面，看來咱記錯了。」

「這次委託老師的人，就是耀瑟勒快瑟勒先生……」

「哦～你們兩個廢物給咱起來。」

「眼睛……」

「看不見前面……」

「咱沒幹掉你們已經有留情面了。」

「我每次都覺得，這不是行商者會講的臺詞耶……」

今天尤金似乎是準備要洗澡，所以才會全身赤裸。艾達飛基並沒有算準時機要召喚全裸的尤金，終究是出於偶然。臉變得像壓癟麵包一樣的艾達飛基這麼辯白，卻又被對方揍了一拳，意思是叫他打從一開始就別亂召喚。

「別、別這麼生氣嘛，萊恩多。小生根本無意叫你過來。找你來是齊萊夫獨斷獨行，換句話說，我對你先前的無禮可以不予追究。」

「為什麼話說到最後是你在擺架子啊？哎，反正咱今天閒著，也沒有什麼好氣的了。然後呢？剛才咱也問過這丫頭就是了，你們幾個聚在一起要什麼蠢？」

「哼。凡庸之輩，聽完包準你吃驚！小生竟然——」

「有屁快放啦。」

「——尤金，我們是在拍黃色影片喔。」

（這三個人，以前感情真的很要好嗎……？）

艾達飛基說過連他都攔不住生氣的尤金，看來絕非虛言。耀瑟勒快瑟勒只是個瘦皮猴，就算口氣再狂妄，力氣也根本比不過常外出旅行又身強體壯的尤金。沙優娜望著他們三個，覺得力量上的均衡簡直一團糟。

尤金問完艾達飛基等人這次聚集的理由以後，就「哦～」地咕噥。

「你們是傻了吧？居然拿這種攝影機和電視來玩。」

「尤金先生說得好直接耶……」

「別對小生我用那些名詞。」

「話雖如此，尤金，以前你不是也熱情地跟我們一起追求過『榮武威』嗎？雖然因為性癖好互相衝突，印象中你總是興趣缺缺。」

「記得萊恩多就喜歡年幼女童吧？就連異界都少有那種類型的『榮武威』，有的話事情可就不妙了。」

「還不是因為你們倆失控起來就像猴子一樣，咱才要負責盯著、幫忙踩剎車！」

「沒關係的喔，尤金先生。大家都已經知道了。」

「你們對咱是懂什麼！」

「差不多該請尤金就位了。我們繼續來拍攝吧。」

在艾達飛基這麼說的瞬間，耀瑟勒快瑟勒的房門就「喀嚓」一聲打開了。

「小耀，我拿餅乾來了喔～」

「臭老太婆，不是跟妳說過進房間要先敲門的嗎！」

「真是的，講話不可以這麼衝喔。哎呀？連小尤都來了呢～」

「啊，伯母好久不見。」

「各位，麻煩你們對小耀多包涵喔？」

「少囉嗦，臭老太婆！妳想被＊嗶掉嗎！」

「剛才那是什麼聲音啊？」

「啥聲音……？」

「不曉得是什麼聲音耶。」

「老師這次救得妙……」

耀瑟勒快瑟勒變了臉色，對母親口沫橫飛。至於做母親的似乎是習慣了，就呵呵笑著把餅乾還有茶擱下，然後將房門帶上。尷尬的沉默瀰漫片刻，耀瑟勒快瑟勒便咳了一聲清嗓。

「雖然有人來打擾，我們繼續。」

「欸，在這種氣氛下照樣要拍攝？不可以喔，你對令堂用那種態度講話是不對的。」

「那位夫人可漂亮了，不是嗎？還有對巨乳。」

「喂，齊萊夫，你別用有色眼光看我家臭老太婆啦。」

「請稱我為輕小說界的佩塔吉尼（註：出自羅柏托・安東尼奧・佩塔吉尼。娶了自己朋友母親的棒球選手）。」

「你的好球帶上方未免廣過頭了吧！啊～這種話讓咱來講也不太合適就是了。阿耀，你總該找份工作了吧？」

尤金規勸似的開口，而耀瑟勒快瑟勒把手指插進了自己的鼻孔。這是不必用到耳朵，便可以表達自己聽不入耳的動作。

沙優娜對耀瑟勒快瑟勒不熟，就咬耳朵似的問師父：

「難道說，耀瑟勒快瑟勒先生是……」

「嗯。用異界的話來說，他就是尼特族。」

「尼特族……」

「不工作也不出家門。要談到他會做什麼，就只有窩在房間搞一些莫名其妙的發明——以前倒還算可以，但混到現在總說不過去吧，你都這把歲數了。假如你以為能永遠靠啃老過日子，遲早會自找苦吃喔。」

「萊恩多，天真的是你。有老能啃直須啃，這就是小生的生存之道。」

「你把自己當白蟻嗎！」

「老師，這個人跟之前求見的都不一樣，該怎麼說呢，他好廢喔。」

「假如以為住在異世界便能培養獨立精神……那可就大錯特錯了——他正是這樣的一名角色。」

艾達飛基好歹也有在工作；沙優娜則是協助他的徒弟；尤金中規中矩地在做生意。耀瑟勒快瑟勒跟他們三個不同，至今從未有份固定的職業。

其才能雖有讓艾達飛基和尤金兩名童年玩伴認同之處，當事人自己卻完全不打算積極活用，耀瑟勒快瑟勒這名尼特族的生活方式便是如此。

「拍『榮武威』這件事沒啥不好，坦白講，咱跟阿基應該也發明不出那些道具，你就不會想趁這個機會獨立嗎？」

「這次監導『榮武威』，若能拍出心目中的會心之作，小生倒是可以考慮。」

「換句話說，只要尤金亮出ＫＡＤＯＫＡＷＡ克盡男演員的職守——」

「老師真的想讓那個代稱詞在世上定型嗎！」

「居然要看咱配不配合……受不了，你們從以前就老是這樣——」

尤金一面說一面把手伸向好不容易穿回去的衣服，總之先脫了上衣。

「——從現在起，叫咱金手指之鷹。」

「怎麼連尤金先生都跟著鬧了？」

「口哨吹起來～！就等你說這句話！喲！讓女人在床上噴的次數比讓人笑到噴的次數還要多的男子漢！」

「好耶！傳說中還沒學會站就先學會勃的性之驕子！」

「舔到女人都不敢跟你鬥嘴的前戲王！」

「在茫茫慾海中指引眾生的一盞淫燈！」

「人型半獸人！」

「踏進精靈村落立刻被列為拒絕往來戶！」

「呼氣就能讓女人懷孕！」

「罣丸擬人化！」

「咱要幹掉你們嘍？」

（啊……這幾個人果然感情很要好。）

沙優娜看著他們三個起鬨，體會到些許疏離感。尤金生氣起來凶歸凶，基本上好像仍是個關心朋友的男人。如果耀瑟勒快瑟勒能走上正途，他似乎也不是不願意拍「榮武威」。

「小生我也得到了天啟！這娘們目前缺的，就是外號！」

「我倒覺得她缺的是魅力和胸部。」

「阿基，別把答案講出來啦。」

尤金有了幹勁，使得擔任導演的耀瑟勒快瑟勒似乎也湧出某種靈感。總之他們開始挑起沙優娜的毛病。

「從商人的觀點來講嘛，咱覺得替商品編個順口的行銷詞確實要緊。尤其你們想拿這丫頭當主打角色的話。」

「尤金果真厲害。當商人就是要連路傍之石都能夠高價售出。」

「請老師不要暗指我是路傍之石好嗎？」

「那就來幫這娘們取個順口的外號。齊萊夫你先。」

「唔嗯……這種集思廣益的事情要有主題才方便吧？」

「老師你是想拿我玩大喜利嗎？」

「找異界的東西當題材吧，阿基。」

我明白了——艾達飛基稍作思索。

就這樣，他幫徒弟想出的外號是——

「叫平面世界怎麼樣？」

「Mr.Game and Watch!」

「你是用什麼思路才會在這種時候想到大亂鬥的場地名稱啦！」

「因為你提到主打角色啊。」

「心思未免被那個詞牽得太遠了吧！」

「呃，但是並不壞。這娘們的胸部確實是平面世界。」

「小心我把你們都轟出場地喔！起碼想個比較有買氣的促銷詞啦！」

耀瑟勒快瑟勒無視於平面世界的抗議，朝著尤金伸了伸下巴。意思似乎是說：下個換你。尤金反射性地給了回答。

「終點。」

「我聽了只覺得你在講我壞話耶！」

「誰教我們都是大亂鬥玩家。」

「何況這娘們的胸部上沒有任何機關。算他說得妙。」

「有啦！我還是有彈丸的機關啦！」

「咱們也都有一樣的機關啊？」

「我們像這樣取出來的外號如何，耀瑟勒快瑟勒？」

「唔——可是小生疏忽了一點，0無論乘以多少還是0。」

「我真的會用隕石把你轟到地獄喔！」

以結論而言，就算取名多少能起到粉飾作用，對沙優娜也無濟於事。

耀瑟勒快瑟勒交抱雙臂，並且嘟噥起來。難道自己就沒有更猛的點子嗎？難道自己就拍不出驚世之作嗎？他心想。

「乾脆我們把擔任的工作試著順延錯開，你覺得怎麼樣？」

「你突然說這什麼話，齊萊夫？」

「我來執導，沙優娜當拍攝人員，尤金扮女演員，然後你來當男演員。試試看這樣的職責分配如何——這就是我的意思。」

「這樣片子的類型不就轉了一百八十度嗎！」

「你這樣分配就不叫『榮武威』，會拍成『尾威得流』吧！敗事有餘的凡庸之輩！」

「老師準備讓這部輕小說面對什麼樣的客層啊……？」

「特定的女性客層。」

偏腐的那種——艾達飛基補充了一句。

「阿基，那種客層才不會讀電擊文庫啦！她們八成都在看JUMP之類的！」

「你這小子不曉得事實上只有陰鬱之人才會讀輕小說嗎！」

「而且我的存在大概會對老師指定的客層構成否定耶！」

提出危險想法的艾達飛基，被其餘三人傾全力阻止。像那種在JUMP求生存的密技，豈能在輕小說裡實踐。

然而被責怪的艾達飛基，卻難得情緒畢露地扯開嗓門說：

「你們就沒有為了大賣而不惜將靈魂賣給惡魔的決心嗎！按照最初交上去的劇情大綱，明明每一話都是我和沙優娜替女訪客解決色色委託的煽情喜劇才對！初稿打開一看卻變成盡只有男角的低級搞笑小說！既然如此，剩下的活路就只有由我們三個男人演出又B又L，互吞王者之劍的情節了吧！」

「出賣靈魂之前，老師你有發現自己正在得罪各界人士嗎！」

「阿基，你講的那種L基本上就跟食品模型一樣，不可能勾起任何客層的胃口啦！」

「我認為應該趁現在拜託かれい老師，看能不能將我們的下巴加長幾公分。」

「為什麼要改下巴！」

「咱問你，誰會想讀登場人物都是戽斗下巴的輕小說啊……」

「是小生不好，齊萊夫。拜託你冷靜下來……」

「這個人讓耀瑟勒快瑟勒先生道歉了耶……連我都覺得自己的師父好恐怖。」

由於意見實在太離譜，身為導演的耀瑟勒快瑟勒低頭了。耀瑟勒快瑟勒是裝成狂人的常人，艾達飛基和尤金則是裝成常人的狂人吧。沙優娜以徒弟的立場如此分析。

「話雖如此，演對手戲的是這丫頭，咱要拍也拍不了。」

「被小生等三人組成的型男軍團圍繞卻成不了事，這娘們實在不中用。」

「以狀況來說，她可是女性向遊戲的主角呢。」

「要在這種跟地獄包圍網一樣的女性向遊戲當主角，我可是敬謝不敏！」

話說你們別若無其事地把自己當型男啦，沙優娜扯開嗓門吼了出來。

縱使是拍前導片，靠沙優娜仍有困難……艾達飛基對平面世界感受到極限以後，便想出下一招。

「我們找耀瑟勒快瑟勒的母親來吧。」

「欸，再講我斃了你！連情色漫畫都很少出現找死黨家長拍A片的橋段啦！」

「老師那麼做才會讓故事整個走樣吧……取向更偏門……」

「阿基，你幹嘛把自己搞得這麼佩塔吉尼啊。」

「你想嘛，跟沙優娜一比的話……懂嗎？」

「哪壺不開提哪壺啊，請老師別怪到我頭上好嗎！」

「總之我先去叫伯母嘍。」

「住手——！萊恩多，現在立刻幹掉這個夜晚的全壘打王！」

「你自己要動手的話是無所謂，吩咐咱動手就讓人不是滋味了。」

艾達飛基打鐵趁熱似的準備離開房間，門卻先打開了。

出現在房間的，是處於話題核心又端了東西過來的人母。

「小耀？我拿了補充的餅乾過來嘍～」

「東西放了就快滾，臭老太婆！」

「真是的，對媽媽不可以這樣說話吧？之前被爸爸訓的時候，你不是講好不會再這樣了嗎？跟人講好了就要守信，不守信就是壞壞！懂了嗎？」

「小生正以現在進行式守衛著妳的第二貞潔啦！」

「伯母，我有事相談。」

「喂，阿基，你當真要——」

「這樣啊。所以，你是說小耀想拍攝……榮武威？」

「她的理解能力到底怎麼練出來的！這個人是從字裡行間推敲的天才嗎！」

「可比魔女耶……」

耀瑟勒快瑟勒的母親不知為何已參透一切。冷靜想想，性方面的隱私被親生母親目睹，會是滿羞恥的事。然而，耀瑟勒快瑟勒在這部分似乎意外挺得住，他本身倒是只擔心自己母親的第二貞潔。

艾達飛基成了輕小說界的羅柏托．安東尼奥．佩塔吉尼，既能說又能幹地準備逼近好朋友的母親——然而，當母親的先是蹙眉，然後直望著身為親兒子的耀瑟勒快瑟勒。

「媽媽不是很了解你們說的榮武威……可是小耀，以往你都沒有跟女孩子交往過吧？」

「老……老太婆……！」

「而你居然要找女孩子主演東西，媽媽認為這種事情，你實在做不來耶～」

「臭老太婆咕哇！」

耀瑟勒快瑟勒從口中吐出血。無論是哪一個時代，會當面把事實戳破讓人難看的都是父母。不，或許正是為人父母，才該這麼做吧——

「小基和小尤也這麼認為吧？基本上，你們倆有跟女生交往過嗎～？」

「哎，要說的話……當然有啊。咱倆都有年紀了嘛。」

「下次請伯母務必陪我喝杯茶好嗎？」

「拜託老師不要若無其事地向人妻搭訕。」

「臭、臭老太婆喔喔喔喔！」

「吵死了！沒詞的話就給咱閉嘴！」

「這樣啊……畢竟你們倆是帥哥嘛～小耀就連女孩子的手都沒有牽過喔。」

「閉嘴！與其牽女生的手，小生屬於寧願先讓對方握老二的類型啦！」

「阿耀，別突然就直衝主寨啦。你當自己是前田慶次嗎？」

「這個人只有要求的口氣特別大耶……」

耀瑟勒快瑟勒縮成一團嚷嚷。在不知不覺中，場面已經變成不具暴力的凌遲。雖然沒有任何人懷有惡意在抨擊。

當母親的看到兒子那副模樣，便嘆了口氣。接著，她緩緩牽起沙優娜的雙手，親切地笑了笑。

「妳是叫沙優娜嗎？」

「啊，是的。我不要。」

「我什麼都還沒說耶。」

「別跟魔女較量預判字句的能力啦。」

「我家這孩子……妳覺得怎麼樣呢～？」

「誠摯感謝您這次報名應徵本作正選女主角的男伴，自薦與小女子我配對。經過嚴謹公正的選拔，很遺憾結果未能迎合府上之美意。無法應允耀瑟勒快瑟勒先生高堂的心願，固然令人百般遺憾，還請見諒包涵。於文末再次向您參與應徵一事致上謝意，並衷心祈願耀瑟勒快瑟勒先生今後更加飛黃騰達。」

沙優娜咒詛般地唸完某段詞以後，便斷然擺出拒絕的態度。

「妳回覆得太謙恭了吧！咱還以為妳發癲了！」

「謙恭過頭，反而讓我有制式化的感覺呢～」

「伯母，順帶一提這是ＫＡＤＯＫＡＷＡ的祈願致謝函格式。是我之前教她的。」

「阿基你也一樣，別講這種真偽難分的內情啦！」

「可是，我覺得好遺憾呢……沙優娜，該不會妳比較中意另外兩位？」

「對不起，基本上這種狀況好比只用三張ＪＯＫＥＲ來玩抽鬼牌。」

「喂，阿基，你這徒弟教得一點都不夠嚴。」

「因為胸部大小會與姿態高低呈反比啊……最近的沙優娜就是這樣。」

給人感覺好說話的沙優娜無情回絕，使得耀瑟勒快瑟勒的母親洩了氣。

耀瑟勒快瑟勒把監督之類的架子掛在嘴邊，但他本身是個繭居在家的尼特處男。假如說那會讓他自卑，或許平時用狂妄口氣講話就是為了便於維護尊嚴。

……艾達飛基特地把這些推測，像旁白一樣地說出口。

「齊萊夫！你別玩這種用手刀挖小生傷口的花樣！」

「咱聽起來比在傷口上灑鹽還痛耶。」

「但我只是開個小玩笑啊。」

「小耀？媽媽思考過了。現在對你來說，最要緊的就是白天要走出門，才有機會跟女生好好相處。假如你辦不到，又還是想拍攝榮武威的話——就來拍媽媽吧！」

「哎呀，這下不能拖拖拉拉的了。沙優娜！妳現在就拿起黑罣丸掌鏡！」

「請老師不要拿出行動力和爆發力。」

「阿基，你在性方面的導火線太短了啦。」

另一方面，無視於興致勃勃的艾達飛基，耀瑟勒快瑟勒正面臨事關重大的二選一。明明是他自己起頭的事情，主導權卻不知不覺由母親握在手裡，而且朋友們不會幫他任何忙。話說其中有個人，還毫不掩飾自己可以輕鬆把他母親納入晚上的射程範圍。

「唔……！唔姆姆……！」

「來吧，小耀你要做出選擇！是要拍媽媽呢！還是走出家門！」

「……正常都會選後者對不對？」

「阿耀就是不正常啦。」

被某種危機逼到絕境時，生物往往會採取兩種行動。一是擠出剩餘力氣，對抗眼前的困難。二是動員所有知識，打破眼前的困難。

窮鼠齧貓，是為了求生。然而，要把貓咬死求生存，還是讓貓退縮再開溜苟活，就只有窮鼠自己才明白。

這次繭居在家的處男窮鼠，究竟會選擇怎麼行動——

「——我要睡覺覺了！」

「…………啥？」

「我說要睡就是要睡！晚安！」

耀瑟勒快瑟勒不由分說便鑽進床鋪、蓋上棉被。

——沒錯，逃避現實！這正是第三種選擇！不面對所有問題而將其推遲！所以才會變成尼特族！不存在的決斷力！全然腐化的行動力！放棄思考！換句話說！

「好、好渣喔……！」

「……唉，小耀真是的～明天你可要給媽媽答覆喔。」

——有錯就推給爸媽！

「本話到此完畢。」

「老師這算什麼收尾方式啊！」

《第六話　終》

最終話◎師父與徒弟

「——知道自己被叫到這裡的理由嗎，艾達飛基・齊萊夫？」

「唔～不好判斷呢——『塞可士』王。」

在近衛士兵圍繞之下，艾達飛基和沙優娜正屈膝跪地。

位於他們眼前的人，是個臉色嚴肅地倚靠著寶座的壯年男子。艾達飛基稱作塞可士的這名男子並非別人，正是立於雷歐斯泰普王國頂點的「塞可士・雷歐斯泰普」。

事情的開端單純至極。來自王都的使者拖著身體爬到了艾達飛基的住處，並且以書簡傳達國王要召見艾達飛基的旨意。後來艾達飛基用魔法將使者鄭重送了回去，然而原本要抵達他那棟房子，若無相當實力便難以如願。沙優娜久違地想起了這一點。

旁支末節姑且不提，沙優娜始終垂著臉。被召見的只有師父，與身為徒弟的自己無關。她應該在外頭等候，卻跟往常一樣被艾達飛基帶到了這裡。

沙優娜極為緊張；反觀艾達飛基的神色則是與平時無異，還能從容對答國王的問題。

「國王若有貴事相託，我想只要派使者傳達便已足夠。」

Great Quest For The Brave-Genius Sikorski Zeelife

「講話拐彎抹角，非吾所好。此外，行事有失於禮亦同。召君來此不為別事——賢勇者，**入吾麾下**。這便是吾要親口告知的委託。」

（老師要被招聘了……）

「請問這是為什麼呢？」

彷彿完全聽不懂的艾達飛基把頭偏向一邊。對此塞可士王哼笑出聲，並將其中一隻手伸向艾達飛基。

「君有這等能力，放任在外未免可惜。劍應佩予騎士，杖待法師高舉——既然如此，賢勇者不就該侍奉國王才合乎於理？」

「您會不會太高估我了？我終究只是個半吊子。智未及祖父，勇不如父親。賢勇者這種稱號，我原本就不配。假如用這個詞來形容我只有半瓶醋，倒是十分貼切。」

「想將丑角扮到底嗎，賢勇者？」

「若您如此認為，那正是我的價值。王者特地招聘弄臣，無非用於消遣。與武勇馳名天下的您並不相稱。」

被一國之王——而且是大國之王親自召見，說是要聘用自己的委託。

換成是一介戰士或魔法師，應該會喜極而泣地答應委託。對於自身履歷，那將是無上的名譽，將來的榮耀更形同得到了保障。不僅如此，拒絕掉這項委託，便等於讓國王顏面掃地。即使當場遭到砍頭，也怨不得人才對。

正因為如此，師父對國王的邀聘完全不所為動，使得沙優娜垂著臉冷汗直流地在旁觀望。如果艾達飛基有考慮要出人頭地，就該二話不說地答應這件事。然而，不巧的是艾達飛基對於那些毫無興趣，他是個如浮雲般的男人。

「因此，容我向您稟告結論──」

「吾不聽。」

「──唔。」

「至今以來，吾將想要的東西全數納入了手裡。賢勇者，這可叫貪心？」

「要說的話，是不是應該叫傲慢呢？」

（老、老師真的都不知恐懼為何物耶……）

「沒錯。兩者皆有。既貪心又傲慢，人道上不應展露的這類特質，吾卻一路展露至今。這是為什麼──是的，正因吾身為『王者』所致，別無他解。」

「我也都會用盡方法把想要的情色漫畫弄到手裡。您的心情我能理解。」

「老師，那不能相提並論啦……！啊！」

沙優娜一時忍不住，就照著平常的習慣吐槽。在謁見廳裡，有她的吐槽餘音繚繞。沙優娜臉色發青，面孔又再度朝下。

「吾從最初便感到好奇……賢勇者，君已娶妻了嗎？」

「要開玩笑，能不能請您拿她的身材當題材就好？這位是我的徒弟。」

（我的身材可是千真萬確啦！）

「………喔——這樣啊。吾以為賢勇者會孤傲終生，看來並非如此。」

「嗯，對呀。雖然我並沒有打算廣納門徒。」

對話呈現平行線的樣態。塞可士王默默思索片刻——不久便開口說：

「吾可以給予寬限。明日傍晚，君再到吾面前答覆。」

「別看我這樣，其實有許多事情要忙呢。視情況而定，或許我並不會來喔？」

「屆時再議。失於禮數之輩，非吾所好。對於看不慣的人，吾一律親手予以矯正……君豈會愚昧至此？」

不來的話，你曉得後果吧——國王言下之意是這樣，對此艾達飛基聳了聳肩。國王則帶著陰沉的臉色笑了笑。

「吾會期待佳音。賢勇者艾達飛基・齊萊夫——」

＊

「真的假的？那你不就發達到天上去了。」

位於王都大街上的露天咖啡座，喝著冰涼紅茶的尤金瞪大眼睛。而他旁邊，有渾身顫抖得像是正被暗殺者鎖定，平時都繭居不出的處男尼特族耀瑟勒快瑟勒。

艾達飛基和沙優娜則把方才的談話經過告訴了他們倆。

「唉，要說發達倒也沒錯。」

「嘻嘻噫噫噫噫，小生是不是正受到注目？超受注目的吧？是不是不太妙？」

「不妙的是你這副鬼德性，放心吧。沒人在看啦。」

「讓您久等了。這是蛋糕套餐的蛋糕。」

「啊哇唔哇啊啊！」

「給咱安靜！啊～沒事的，不好意思。跟咱一道的朋友有點神經兮兮。話說回來，妳好可愛耶。咱看了真的覺得眼睛一亮。妳剛來這家店工作嗎？」

尤金一邊露出潔白牙齒，一邊對端蛋糕來的年輕店員獻殷勤。成串的廉價奉承句，感覺實在肉麻。然而廉價歸廉價，聽見稱讚會反感的人倒是不多。剛進店裡工作沒有多久的年輕店員，紅著臉用力搖了頭。

「哪有啊，才不像你說得那麼誇『啊哇哇哇啊啊！她講話了！』……」

「對不起喔，咱會先做掉這傢伙。」

「做、做掉?那、那個,請各位慢用!」

噠噠噠噠噠……店員腳步匆促地離去。尤金臉上仍掛著廉價的笑容,並且動手揪住耀瑟勒快瑟勒的頸子使勁一勒。

「聽、清、楚!你以為咱是為了誰才在表演搭訕的技巧?說啊!」

「誰、誰教那女的會突然講話……小生沒想到……」

「你的視野裡都是稻草人在蠢動嗎!」

「我姑且問一問好了。尤金,你們似乎正在做挺有意思的事情耶?」

看來艾達飛基是判斷談自己的事之前,先將他們倆的狀況處理掉會比較好。尤金一邊把切完的蛋糕往耀瑟勒快瑟勒嘴裡塞,一邊發牢騷地說:

「咱是在幫忙這個臭尼特……讓他回歸社會啦。之前那件事過後,咱還是不忍心放著這傢伙不管。每次回王都,咱就會像這樣帶他到處跑。」

「唔嗯。表示說,你們倆都瞞著我在打情罵俏。不可原諒(暴怒)。」

「別用那種假惺惺的方式裝生氣啦!你以為是在早年的網路討論區嗎!」

「萊、萊萊、萊恩多!」

「怎樣?」

「蛋糕……再多分小生一點。」

尤金徒手抓起蛋糕，不吭一聲就砸到耀瑟勒快瑟勒臉上。

這似乎是在物理上寵對方的超級斯巴達教育方針。

「……話說咱挺在意的耶——這丫頭怎麼從剛才就一句話都不講？」

「哎呀，聽你一說，確實是這樣呢。」

「…………咦？啊，你們叫我嗎？」

尤金大概是覺得現場吐槽的力道不夠，就盯著有些六神無主的沙優娜。

換成平時，感覺沙優娜就會對耀瑟勒快瑟勒的奇怪舉動或尤金的野蠻行為大呼小叫；然而今天她始終都保持沉默。或許該說是心不在焉吧。

艾達飛基和尤金望了望彼此。

「突如其來的空手道手刀！然而縱向的直線型攻擊打不中沙優娜！」

「過人的迴避性能～比早年的比爾拜因還會閃～」

「…………喔，這樣啊。」

「嗯……沒想到每試必靈的平胸哏居然會失效。」

「咱認為她是發燒了吧？」

「該不會是那個日子？」

「啊～女性獨有的。」

「是的。沙拉紀念日。」

「七月六日嗎！」

「那不免讓人思考，假如準備三百六十四包調味醬每天換口味會怎麼樣呢？」

「剩下那一天不就變成單吃生菜紀念日了！」

哥倆在沙優娜面前巧妙地一搭一唱。但沙優娜看都不看一眼，只顧著啜飲送來的飲料。

艾達飛基和尤金同時嘆氣，並分別在耀瑟勒快瑟勒的臉孔前後「啪」的一聲合掌一拍。

「咕哇啊啊！混、混帳東西！你倆別拿小生解悶啦！」

「咱要的就是這種反應啦，就是這樣。」

「帶出門以後，他會變得比較有趣耶。」

「……那個。」

沙優娜顯得一臉茫然，還拽了拽艾達飛基的衣襬。徒弟終於有了動作，艾達飛基便暫且停下捉弄耀瑟勒快瑟勒的手。

「怎麼了嗎，沙優娜？」

「老師，請問你有什麼打算呢？」

「妳說的打算，是指什麼？」

「國王剛才的提議。關於要不要侍奉雷歐斯泰普這件事。」

「啊，那件事嗎？該怎麼辦才好呢。」

「咱的話就會去謀個一官半職。」

嘴巴上是這麼說，但尤金自己也沒有找地方成立店面，而是盡情利用行商者的身分過得無拘無束。侍奉君主，就是要將絕對的忠誠奉獻出去為對方效命。雖然會有許多保障，卻也要為此付出代價而喪失一些東西。而且艾達飛基看重的，正是會喪失的那些東西。

「我姑且打算鄭重辭謝喲。目前我正在腦裡拚命動員跟異界祈願致謝函有關的知識。」

「咱從以前就在想，你為什麼會有那麼針對性的知識啊……原本你是覺得可以用在什麼樣的場面……？」

「不過，雷歐斯泰普可是泱泱大國啊。如果老師辜負了國王的好意，不就會危及自身的立場？」

「想必是如此。不過，當我被對方看上時，就已經無可避免了。畢竟以往也不是沒有類似的經驗。」

「那是不同國家吧，阿基？雷歐斯泰普近年來可是蒸蒸日上。不僅吞併了鄰近諸國將版圖擴大，還不忘擴增軍備以及嚇阻他國。與之為敵可就棘手了。咱是生意人，當然不敢違逆上意——但你也差不多吧。」

「家父立下的功與罪，至今我仍有所自覺……」

以往，這世界曾被黑暗所籠罩。有別於當代的魔王赫夜（平庸），上代魔王——從魔物的角度來看——非凡無比。

各國皆需將軍備盡數投注於對付魔物，那是個稍有鬆懈，舉國上下就會名副其實遭到魔物大舉入侵並生吞活剝的時代。人類曾切身體會到，有指揮統率魔族的首腦存在是多麼恐怖的一件事。

然而將那段時代終結的人，正是艾達飛基的父親，勇者杜瑞深——然而到了當代，卻有說法指稱杜瑞深功罪並立。

「魔物的恐怖一去，結果人類間的爭端就變多啦。雖然表面上還沒有發生大規模戰爭，也不知道那能維持多久。咱倆的老爸好不容易創造和平，現在卻要自毀安寧，人類還真是閒不住。」

「打倒魔王之功。還有因而替人類帶來爭端之罪。仔細想想，後者跟家父倒是一點關係也沒有。」

「雷歐斯泰普會想要招攬老師，果然就是為了……」

艾達飛基一面對沙優娜說的話緩緩點頭，一面迅雷不及掩耳地伸手戳了戳耀瑟勒快瑟勒的側腹部。

「咕哇啊啊啊！」

「——唉，就是妳講的那樣。」

「喂，剛才攻擊小生有意義嗎！你說啊！」

「阿耀，你變得挺像舒緩氣氛的清涼劑了耶。」

賢勇者艾達飛基．齊萊夫有何實力，識貨的就會知道。他並沒有大張旗鼓地活動，因此在民間的知名度並沒有多高；但既然本著拯救救人者的理念在活動，會認識他的多屬於著名人士。之所以能像這樣獲得國家召見，亦顯現其實力之高——

「可是，我討厭把自己操得那麼累。因為我這種人在想睡覺的日子就會倒頭大睡。」

「老、老師真坦白耶……」

——他在骨子裡，有著跟耀瑟勒快瑟勒類似的部分。

「期限是明天傍晚對吧？阿基，在那之前你有什麼想法？」

「要回去也有一段距離嘛。今晚我會在王都過夜。反正旅館也訂好了。」

「那咱們一塊吃個飯吧。」

「當然，我正有此意。再說耀瑟勒快瑟勒的母親本來就有邀我見面。」

「喂，慢著！你什麼時候跟那個老太婆約好的！你們在哪裡約的！怎麼約的！」

「哈哈（尖聲）。」

「不要裝老鼠的笑聲跟我打哈哈！」

「話說太危險的哏就別玩了啦。」

（這些人……感情真的很要好呢……）

沙優娜一邊看著他們的互動，一邊閉上眼睛。

──賢勇者之徒沙優娜的故事，到此結束。

接下來──「溫德莉莉絲・優娜・英格爾」……亡國公主的故事，要開始了。

*

只有時鐘指針時針的聲音，在陷入黑暗的房間內規律地響著。

任誰都已經成眠的大半夜裡，溫德莉莉絲醒了過來。她直接撐起身體，並且放低腳步聲從房間離開。對面的房門關著，而且也上了鎖；但她早就學會開啟這種小鎖的魔法。

朝房內窺探，只見她的師父──賢勇者艾達飛基・齊萊夫靜靜地睡在床上。

這名叫艾達飛基的男子，基本上毫無破綻……別人大多會如此認為。

實際上，那種無懈可擊的人根本不存在。身為徒弟而長期一同生活的溫德莉莉絲，知道艾達飛基有什麼弱點。

（這個人──**入睡得很快**。）

睡眠，是人活著就無可避免的生理現象。沒有人不用睡覺。

在朋友耀瑟勒快瑟勒．沼孌家吃吃喝喝結束後，艾達飛基就回到旅館，直接倒頭大睡。溫德莉莉絲也屬於容易熟睡的類型，但這個男人更勝於她。無論在什麼樣的環境，甚至談話到一半都能睡著，艾達飛基對於睡魔就是無法招架。這是另一個朋友尤金．F．萊恩多也提過的事情。

而且他一旦入睡，便難以甦醒──

（……老師，受您照顧了。還有──對不起。）

溫德莉莉絲微微地低頭致意，然後關上房門。她在內心向曾為師父的男人道謝，並回到自己房間，緩緩脫起衣服。其身軀一絲不掛，在這塊空間裡固然沒有人看著，而她露出了缺乏起伏的裸體。

當然，溫德莉莉絲並沒有那種癖好。她短短地詠唱咒語，對自己施了透明化的魔法。這只會對肉身起作用。穿著衣物的話，看起來會像有衣服在動，因此才要脫掉衣物。

溫德莉莉絲看向鏡子確認魔法的成效，緊接著她解開套在自己身上的枷鎖──也就是**不得逃離師父身邊**這一條訓誡。時至今日，溫德莉莉絲仍未具備隻身突破「慾望樹海」的力量。但她擁有的實力，早就能解除師父單方面對她施加的這道枷鎖。

不知道這是何種機緣。然而，沒有回到師父住處，而是在王都**落腳外宿**的狀況，已有足夠的動機驅使她行動。

溫德莉莉絲就這樣躍進漆黑的王都。

目的地唯有一處——塞可士．雷歐斯泰普沉睡之地——王城。

少女眼裡，蕩漾著在夜色中仍可明辨的昏黑火焰。

（——我一直都在欺騙老師。）

順利潛入城內的溫德莉莉絲，懺悔般地回想至今為止的事。

——生育她的故鄉「英格爾聖王國」，是所謂的弱國小邦。領土並不廣闊，人民數目也不多。雖無傲視他國的突出之處，愛好自然與和平的心感覺上仍強過任何國家。

而溫德莉莉絲於英格爾聖王國，曾是繼承權位居第三的公主。她上頭還有年歲稍長的姊姊及哥哥。只不過，溫德莉莉絲是繼室所生——在前任王妃因病早逝以後，成為續絃的現任王妃之女。

身為她父親的聖王，並未娶任何小妾。據說，他還對過世的前任王妃發誓畢生只愛這一次，連迎娶繼室的意願都沒有；然而現任王妃——亦即溫德莉莉絲之母，似乎與前任王妃面容相仿。儘管不確定那是否為聖王再婚的理由，溫德莉莉絲便這樣誕生了。

王位方面，則是風平浪靜地由兄長繼承。大國常有的王位之爭，與英格爾聖王國無緣。溫德莉莉絲對於只有一半血緣的哥哥和姊姊，也未曾感受到什麼不幸，相處起來和睦融洽。

（我假冒自己的名字，還始終隱瞞背景與來歷……只為達成本身的目的，而利用了那個人的力量。）

沙優娜這個名字，相當於姊姊替她取的小名。年紀尚幼時，姊姊似乎是看她晚上哭鬧不停，才語帶戲弄地取了這麼一個名字。雖然字音裡究竟有何含意，溫德莉莉絲終究沒能向姊姊問清——

（可是，我無論如何……都非得殺了他才行。）

在某個晴朗午後的日子，一切都宣告終結。

裝備嚴整的士兵大舉湧進了城內。面對雷歐斯泰普王國這等大國，小國英格爾聖王國具備的軍事力，好比呼口氣就可以吹走。轉眼間遭到蹂躪、壓制的英格爾聖王國，當天之內就在兩國協議合併的形式下，遭雷歐斯泰普王國吸收了。

這無非是侵略行為，但無力的小國卻連反抗都不被容許。

在此局面下，包含溫德莉莉絲在內的英格爾聖王國王室成員，皆被雷歐斯泰普要求「結親」。而那指的就是血緣交融——嫁給塞可士王。

（貪色之王塞可士……奪走我的祖國，並且毀掉了姊姊人生的罪魁禍首。我絕對要親手取你性命——）

原本溫德莉莉絲和姊姊兩人，都已安排好要歸塞可士「所有」。

然而，她姊姊卻率先嫁給塞可士王；溫德莉莉絲則透過父親與哥哥暗中牽線，趁機到了遠離祖國的知交身邊接受保護。表面上，溫德莉莉絲被指作棄國而逃，實情卻明顯是拒嫁塞可士王。

此事是否為塞可士王知曉，目前尚無定論——但是，後來便完全沒有目睹她姊姊在王都現身的消息。觸怒國王的結果，有人說她已遭到處決，也有人說她獲判流刑而被放逐到了遠方。儘管真相未明，唯一可以斷言的，就是姊姊應該已經不在人世。

（——這裡，是那傢伙的寢室。他就在裡頭，悠然大睡……！）

溫德莉莉絲抵達目的地後，先是環顧四周。一路上擦身而過的那些士兵完全沒有發現她。然而，來到國王的私人房間前面，多少會有士兵站崗……她原本是這麼想的；房前卻不知為何全無警備人員。大概是根本沒有設想過會遭受奇襲吧。無論如何，這樣反倒正好。

絕大多數的鎖都能用魔法解開。溫德莉莉絲毫無困難地解開門鎖，還用傳送魔法召出了一柄短劍。她將其緊握，極力壓低聲音地闖進國王的私人房間。

（這樣一來，終於就……！）

溫德莉莉絲在附有頂蓬的寬闊床鋪上認出了塞可士王。她一步步朝那裡靠近，每次跨步，心跳便隨之加劇，還有近似耳鳴的聲響。呼吸變得急促，口乾舌燥，然而她還是連眼睛都沒眨一下，始終只顧著將仇敵的身影納入眼裡。

她根本沒有殺過人。不過任由情緒揮下緊握的利刃，要奪走一條生命應該輕而易舉。就差一小步——溫德莉莉絲高舉手臂。

那一瞬間，她背後響起了喀啷聲響。那並不是自己發出的聲音。然而，深夜裡會響起那種聲音實在太不自然——

「……吾生來就睡得淺。」

——要吵醒仇敵，音量似乎已經足夠。

「……唔！」

溫德莉莉絲衝上前，趁勢要揮下利刃；塞可士王卻搶先揪住了她的手腕。自己的身影理應不會被看見——她這樣的心思，已被國王看透。

「透明化的魔法啊？聽聞這學來實非容易……也罷。消不掉物體的形跡嗎？要是起碼能隱藏握柄，就不至於被吾這樣攔下了吧。」

對方似乎是從短劍的握柄，推斷出她的手臂在什麼位置。這男人堪稱當代第一的好色之徒，同時也是武術達人。於有事之際敢站在前頭指揮，甚至會親自持兵器殺進敵陣。最初那劍失手時，溫德莉莉絲便已喪失了勝算。

「手腕瘦弱。女的嗎？」

「你放手……！」

「低賤之人，現出面貌來。」

塞可士王將手一舉，圍繞在溫德莉莉絲身上的魔法頓時就被解除。他不僅練武，對魔法似乎也有所心得。難不成這表示立於大國頂點之人，非得精通各項領域才行？暗殺者一邊咬緊牙關，一邊如此暗想。

「喔──還以為是誰，這不是縮在賢勇者身旁的女子嗎？」

「…………」

「以侍寢而言，花招稍嫌激烈了點。省去了脫衣服的工夫倒值得肯定，但妳的身子要勾起情慾就差遠了。」

來者的手腕被扭，短劍隨即遭到塞可士王奪去。他甩開那柄短劍，劍刃深深插在房間的牆壁上。此舉似乎是為了讓女子無法靠臂力輕易拔出。

溫德莉莉絲瞪向國王。她能做的，只剩這點事了。

「不過，面熟的長相一直令人有些掛懷。雖然吾剛才想起來了……妳不就是英格爾聖王國的公主？之前從吾手中逃走的那個。」

「……假如是那樣，你有什麼打算？」

「直接按倒妳，就這麼行房也是不錯。雖然不合乎喜好，但妳仍是吾一度想過要娶的女人。就算對妳粗魯點，當成懲罰應該也可以服眾。」

「…………」

少女毫不猶豫地打算咬舌自盡。但是，塞可士似乎看穿其意圖，用自己的手指卡在她嘴裡予以阻止。代價是國王意外柔韌的手指被女方用牙齒咬住了，但是他絲毫不介意。

「性情剛烈，看來與令姊相像。」

「……！」

「怎麼了？妳的情緒顯露在眼裡嘍。她可是個好女人。抱起來的滋味自然不用提，更重要的是她**有天分**。吾在床笫上根本不會去回想已經拋棄的女人，唯有她例外。可以的話，吾甚至希望再跟她見一面。妳也是吧？」

溫德莉莉絲加重牙關的力道，打算咬斷這男人的手指來代替回答。

塞可士王看到她的反應便開口嘲笑。緊接著，他大大張開空著的手，掐住女方的臉孔將人抓牢。隨後，他只是低聲說：「別動。」溫德莉莉絲的肉體就像被什麼定住一樣，停下了所有動作。

「什——」

「嘴巴周圍就讓妳維持現狀吧。因為呼吸停住而喪命也教人困擾。何況，光是被妳默默瞪著也讓人掃興。啊，唯獨咬舌自盡這一點已經先禁止妳了。雖然是個小國，好不容易吞併的國家派了公主專程來此幽會，吾自會好好款待。」

看來溫德莉莉絲身上，被施了比師父那道枷鎖更強的魔法。這名男子擁有支配他人的力量。那是他身為王者所具備的專屬天賦，溫德莉莉絲根本無從抵抗。

然後，塞可士王拍響雙手。接下來他要做什麼？溫德莉莉絲在絲毫無法動彈的情況下，只能任由對方為所欲為。

「嘿～大王，您在找老娘嗎？」

「是啊。吾要執行那一套。去做準備。」

「還來呀？煩不煩啊！讓老娘睡啦！」

溫德莉莉絲以為有東西從天花板掉下來，隨後才發現是一名褐色肌膚的女僕。對方年紀應該與她相去不遠，用詞卻有粗魯與生硬之處。輔以肌膚色澤，讓人覺得這名女僕恐怕是來自遙遠的異國。

「房裡有客人。妳要比平時更加用心。」

「老娘平時就已經夠用心了啦！」

國王聽到女僕的回應後笑了笑。接著，他緩緩褪去衣衫。

他該不會要跟這個女僕聯手——溫德莉莉絲心想。然而看到眼前國王的這副打扮，她在各種意義上卻都說不出話了。

「準備好啦！那就給老娘躺上床吧！」

乍看下，那樣似女用襯褲。顏色是白的，剪裁也相仿。不過，像的只有外表，仔細觀察就會發現有哪裡不同。布料比女用襯褲更蓬鬆，質地又光滑，下襬偏短。穿起來之所以特別合身，恐怕是特別訂製的關係。本來呢，本來那種東西，並非他這種成年男性該穿的——至少，溫德莉莉絲是如此認為。

「尿——**尿布！**」

尿布！亦稱尿褲！嬰兒及年邁者等無法自己控制排泄的人，才會穿在衣物底下的東西！

換句話說，這名正值壯年的男子是根本沒有必要穿的——！

「**這是自我切換。凡事都要注重切換**。妳可以看看這塊襞褶的部分，很不錯吧？」

「哪有！」

「帶有彈性，而且很柔軟。襞褶會越拉越長。沒錯，當這塊襞褶拉到盡頭，然後放開時——吾就可以從萬般的束縛得到解脫。**這便是切換的方式**。」

「給老娘快點啦。」

受到女僕催促，塞可士王把手伸向了自己所穿的高貴尿布，將襞褶的部分拉長，然後放開。襞褶縮回去以後，彈在國王結實下腹部的聲音響遍房內。

——啪！

「喔呱啊啊啊啊啊啊啊啊啊啊啊啊啊啊啊啊啊！喔呱啊啊啊啊啊啊啊啊啊啊啊啊啊啊啊啊啊啊啊啊啊啊啊啊啊啊啊啊啊啊啊啊啊啊啊！」

發自靈魂的咆哮迴蕩於房裡。塞可士王將羞恥、體面、矜持及立場等物統統拋開，戲劇性地從一名男人轉職成一名嬰兒。他在床上亂踢亂捶地哭鬧，女僕則一邊哄著大嬰兒，一邊朝溫德莉莉絲瞥了過來。

「老娘在哄小孩，妳看屁啊！沒什麼好看的！」

「呃，是他逼我看的耶！」

「嗚哇～呱啊啊啊！唔呱嗚啊啊啊！」

「噢～乖喔、乖喔。你被嚇到了吧～」

「現在……究竟是什麼狀況啊……？」

簡單來講，這就是塞可士王的玩法，然而溫德莉莉絲對這方面並不熟。

褐膚女僕看她陷入困惑，就一面撫摸著國王貝比一面說道：

「當一個大王，好像會累積許多『壓力』。所以他才需要像這樣，讓自己變成小嬰兒，追求心靈上的『紓壓』。」

「該怎麼說呢……看了讓人很不敢領教耶……妳是要怎麼伺候**他**呢……？」

「本店完全不做性交易！不會讓客人亂摸也不會亂摸客人！只用哄的而已！」

「唔呱……唔呱啊啊啊！奶，摸奶奶！」

「他超想摸妳的耶！」

「臭貝比，給老娘聽著！你要貫徹『專業精神』！」

「當嬰兒還有分專業不專業的嗎？」

「老娘管他那麼多！」

對方好歹是國王，女僕仍賞了他一記耳光。

嬰兒沒有性慾，因此嚴禁擅自摸胸。呃，不過嬰兒會想要母親的母乳，是理所當然的慾求，管這麼嚴不對吧——小貝比發出了聽似有如此深意的啼聲。

「順帶一提，大王在這種時候，是完全沒辦法『溝通』的。他是真的變成了小貝比，所以妳要稍等片刻，直到他滿意為止！」

「嗚呱…………呼唔唔唔唔……」

小貝比忽然露出放鬆的臉。於是，尿布膨起了一大坨。

「噢～便便出來了～老娘現在就幫你換尿布，乖乖等著喔。」

「呱哇……」

「你們這是對眼睛的拷問或什麼招式嗎！」

「妳要不要試試看？」

「我現在動不了，不必了！」

「這樣啊。老娘倒覺得，妳好像有某種資質耶～」

溫德莉莉絲由衷認為，幸好自己被定住不能活動。雖然女僕似乎提到了資質什麼的，但她對那種資質敬謝不敏。

就這樣——溫德莉莉絲被迫目睹上演於眼前的一整套玩法，直到國王貝比入睡為止。

＊

「——快醒來！喂，阿基！咱叫你快醒醒！」

由於身體被人抓著晃，艾達飛基不甘不願地睜開眼皮。視野遭尤金的臉占滿，於是賢勇者又閉上眼睛。

「剛醒來就看見不愉快的東西……我要睡回籠覺。」

「是喔。」

尤金這麼回話以後，就一拳掄向艾達飛基的臉孔。衝擊讓艾達飛基的頭穿破枕頭，後腦勺還陷進床鋪。

「以在奏些河麼啊（你在做些什麼啊）？」

「咱是想讓你永遠睡回籠覺。」

「能不能請你別在一大早就發表把人幹掉的委婉說法。」

「你怎麼已經全好了啊……慢著，那些都無所謂。咱是要叫你看這個！」

睡意被暴力清除以後，艾達飛基從尤金手裡接下報紙。那並不是尤金訂閱的——看來似乎屬於號外。

「這是——」

「對啦。怎麼辦？」

「——有象的書再版？這篇報導瞎掰過頭了吧。」

「上頭沒寫那種消息啦！你是醒著在作夢嗎！」

「我說笑的。請你別催得這麼急。」

艾達飛基瀏覽起一整面的頭條報導。

——前英格爾聖王國（現為英格爾屬地）的公主，涉嫌暗殺我國塞可士王而遭緊急逮捕。旋即將於當日處決——

在如此寫著的一段文字旁邊，刊載著面熟的大頭照。

「這個人看起來很像沙優娜耶。假如有拍到臉以下就可以分辨了。」

「呃，這不管怎麼看都是那丫頭吧？你為什麼只能靠乳暈來認人啊。」

「我說笑的。奇哉怪哉，這究竟是怎麼一回事？」

「你們師徒倆回到這間旅館以後，出了什麼狀況？」

「因為我立刻就睡著了……不過，哎，看來我施的契約被沙優娜解除了呢。之後，她在獨斷獨行之下前往行刺睡夢中的塞可士王，就被對方反將一軍，即將受到處決——過程差不多是這樣吧。」

「……真沒想到，那丫頭意外有長進耶。」

「似乎是如此。身為師父既欣慰，又覺得難過。」

艾達飛基始終我行我素，尤金卻焦慮不已。說來說去，他應該還是在擔心沙優娜。這男人會專程來旅館報消息，也是因為他本身對艾達飛基和沙優娜這對師徒有感情。

「處決似乎是今天正午，位於王都的競技場執行。阿基，報紙上特地寫了這一點，卻又說不許民眾圍觀。這表示——」

「——有陷阱，想必不會錯吧。為了引誘我出面。」

「對啊，咱想也是……這下怎麼辦？」

基本上，發表要即日處決就已經事有蹊蹺。倒不如想成，這是佯裝成號外來通知她師父艾達飛基才妥當。

不想讓徒弟被殺，就要在中午前來這個地方——對方正是此意。去了以後會開出什麼要求，想也知道。

「還真是間接的通知方式……話說如果我沒發現，不知道對方有什麼打算。」

「到時不就只能殺了那丫頭嗎？」

「這麼說倒也沒錯。從對方的立場來想，或許抓了她也算順水推舟。那麼，到底該如何是好呢——」

艾達飛基確認時鐘。他似乎睡了很久，離正午已經沒多少時間。

交抱雙臂的艾達飛基思索片刻，最後發出嘆息說：

「——那就出手吧。」

「啥？」

「我想你是知道的，就算我喜歡搗亂別人，被人搗亂可就不合我意了。對方似乎不明白我在這方面的脾氣。所以說呢，我要做準備。」

「……還講這麼多理由。你只是不忍心放那丫頭不管吧？」

「是啊，這還用說……尤金，你肯幫忙嗎？」

「假如咱會拒絕，打從一開始就不會來這裡找你啦。」

賢勇者始終保持平常的本色——卻又流露出幾分憤怒，緩緩地從床鋪上起身著地。要做的事情已經敲定。剩下的問題，只有用什麼方式動手。

賢勇者扭響頸子，並且從懷裡扔出「無效券」——

＊

強風吹拂。溫德莉莉絲身上只裹著薄薄的布，所以身體涼颼颼的。

她被綁在地面所佇立的鐵柱上，眼裡望著底下瀰漫凶險氣氛的景象，目光顯得有些事不關己。

結果，後來溫德莉莉絲被迫見識國王的房中之樂，今天就突然被宣判死罪了。然而，她也明白這是做給賢勇者艾達飛基看的，以便將人誘來此處。不過無論怎樣，自己大概都會被處決。

國王挑選原本作為競技場舉行活動的這塊地方當作刑場。目前他坐在臨時安排的寶座上，一臉英氣凜然。注重切換的那些話果真不假，目前絲毫感覺不到小貝比的氣息。

「妳認為他會來嗎？」

「……誰曉得呢。畢竟我本來就背叛了那個人。」

儘管雙方如此對話，國王當小貝比的畫面卻頻頻浮現在溫德莉莉絲的腦海裡揮之不去。

「國王，萬一那名賢勇者出現在現場——」

「等吾的指示。視對方如何答覆，之後可隨你們高興。」

疑似心腹的男子，正在向塞可士王詢問些什麼。看來在國王身邊，似乎有四名年紀尚輕的男子隨侍。

溫德莉莉絲不知道現在的時刻，但是從現場氣氛大致可以曉得正午時分就要到來，有幾名士兵正在鐵柱底部燒柴。

看來，溫德莉莉絲會遭受火刑。

（會變成這樣……也是無可奈何的事。我背叛了那個人的信任，連自己的目的都沒有達成，只能像這樣遭人利用。既然這樣，還不如一死了之。只要我儘快喪命，那個人也不用來這裡——）

「要烤到多熟？」

「我看半熟就行了吧。」

（要殺我就烤到全熟啦。）

那些士兵似乎在猶豫什麼，溫德莉莉絲便想從上頭這樣告訴他們。

不久，赤紅火焰在她腳邊搖曳起來。處決開始了——換句話說，這表示正午已至。然而，賢勇者的身影，卻未在此現身。

「看來，妳師父是個頗為薄情的男人。」

（我認為這是適切的判斷，老師。幸好你沒有出現。）

葬身火中，應該是非常痛苦的事吧。到時候，自己將會哭喊著求饒，然後醜陋悽慘地逐漸被燒爛。那副模樣至少不會被師父看見，對於準備赴死的她是唯一的救贖。

溫度徐徐現出獠牙，逐步變身成名為灼熱的怪物。背後的鐵柱發怒般地慢慢帶有熱度。再過幾分鐘，應該就會有令人發狂的痛楚來襲。

「最後妳有無遺言？當作餘興，吾可以聽聽。」

「……你為什麼要拋棄我姊姊？」

「要問為什麼？這還用說——」

塞可士王正準備談到些什麼，但有一名大驚失色的士兵搶先趕來屈膝行禮。

「不、不好了！有人要入侵這座競技場！」

「入口不是已全數封鎖了？」

「被突破了……！入侵者本事驚人，既強又快，我們這些普通士兵實在擋不住……」

「夠了，給吾退下……英雄總會晚到——是嗎？令人玩味的把戲。」

（怎麼會，老師為什麼要……！）

區區的一般士兵人再多，確實都不會是艾達飛基的對手才對。

然而，隨侍在國王身旁的四名男子，恐怕都實力非凡。能讓國王親自留在身邊，就代表他們都是心腹。賢勇者縱有能耐，被這些人同時圍攻也無法安然了事。

溫德莉莉絲正是明白這一點，才克制了想呼喊求救的念頭。她想放聲告訴來者：要逃就應該趁現在。那是為你好，快逃。

然而——她辦不到。她說不出口。

老師來救她了。果然，老師並沒有拋棄她。無法言喻的喜悅，正以顫抖的形式從她身上表露出來。

有人正朝著這裡而來。勢如破竹，攔路的眾多士兵皆被掃飛。

因此溫德莉莉絲換了一句話。換成了自己該說的話。

「老師——」

——啪！

「恩人有難，荷某特此趕來仗義相……助～！我名為荷馬傑……克～！」

「——呀啊啊啊啊知欠跑來了啦啊啊！」

溫德莉莉絲喊到幾乎喉嚨流血了。

出現的人並非艾達飛基，而是穿著緊巴巴「救水」而且體毛濃密的大叔——曾為察臼・奇程國騎士，如今則成了變態浪跡天涯的荷馬傑克。今日「救水」的衣料依舊充滿活力地拉長又縮緊，並且「啪」的一聲打在全身上下，每彈一次就會讓他隨處嬌喘給人聽。

「哈哈，我在此致歉。對於來遲一事，荷某要由衷向妳賠罪。能與久別的沙優娜小姐重逢，荷某喜不自勝，因此身懷的祕劍早已充血壯大。」

荷馬傑克大概是看見溫德莉莉絲只有薄衣蔽體，便以直角姿勢於原地鞠躬，只把臉孔對著她。因為他要是站直身體，有礙風化的玩意兒就會當場露出來。

「你滾啦！」

「受卑劣的敵人威脅，使妳道出了如此慷慨赴義之言嗎？不可原……諒～！」

「……這名變態是何人？」

（你這包尿布的也一樣啦！）

「此刻，正是荷某向賢勇者大人與沙優娜小姐回報再造之恩的時候！儘管出手將較為粗野，還望各位見諒。荷某不會置人於死地。」

荷某用了呈直角的架勢威嚇旁人。看來他的某個部位依舊勃然挺立。

為什麼最先趕來的是這傢伙啦——溫德莉莉絲想要吐槽，但這個變態的實力卻是千真萬確。士兵們在各方面都變得畏戰，一時間似乎沒有人敢動手。

好似要打破現場的片刻膠著，上空有東西發出亮光——

——轟隆嗡嗡嗡嗡嗡嗡！

「賤民！余親自來救妳嘍～！哭著表示妳的欣喜吧！」

「…………」

「講……講點話啦！是余耶！余可是魔王！」

「是喔。唉，我只能說，請加油。」

溫德莉莉絲漠然地這麼告訴對方，魔王赫夜就含著眼淚嚷嚷起來。從天而降的登場方式固然還不錯，赫夜本身卻只是個長著角的少女。跟身上體毛濃密、穿著緊巴巴的怪東西，而且胯下脹得鼓鼓的變態一比，士兵們似乎也給不了多大的反應。

「魔王……？」

然而，只有塞可士王做出正常反應。魔王一詞，似乎引起了他的注意。

赫夜彷彿找到臺階下，便哼聲挺起壯觀的上圍。

「沒錯！余正是前任魔王的女兒，繼承父親遺志的現任魔王赫夜！你的頭抬得太高了，人類！」

「……趕緊將溫德莉莉絲處決。」

「是！」

「艾達！余認為人類果然還是該統統殺光！」

無視於高呼理念的赫夜，有個士兵正準備助長火勢，好將溫德莉莉絲儘快燒死。火勢倘若再變得更旺，就實在承受不住了——正當溫德莉莉絲為此心急的時候……

「大叔之拳！」

「噗哇！」

「出現了……」

溫德莉莉絲能講的只剩這點話。突然出現於現場的人，是個不忘將自己脫成全裸的大叔——「專門鬪除嚴肅劇情之會」的帶頭會長。

「哎呀，好久不見了耶，小妞！大叔我來救妳嘍！」

「請回吧。」

「哇喔！改走傲嬌路線嗎～？故事都演到末尾要結束了耶～？」

（你煩死了……）

存在本身即為邪惡的會長，連已經火難臨頭的溫德莉莉絲都要嗆。不過，他大概是無法坐視火勢繼續增長，就用手扶穩自己胯下的砲臺。

「我現在就替妳滅火，再撐著點！用大叔的激流葬！去吧！」

「——荷某也想要幫忙。」

「……！你是……？」

「呵……與閣下有志一同之人。」

「不勝感激……！然而，這樣一來就是雙重激流葬啦！呀呼！」

「不該牽扯上的人扯在一起了耶！欸，那個把自己裝得一臉像是最終頭目的臭貝比！請趕快派你自豪的心腹宰掉他們啦！」

「忽然有精神了呢，這位亡國公主……妳可有語出驚人的自覺？」

嘩啦啦啦啦……靠著變態與邪惡之人灑水，包圍溫德莉莉絲的火勢大致獲得了控制。他們所用的滅火方式，能有多糟就有多糟。

「這樣總算可以放心啦★」

「荷某已保住沙優娜小姐的安全！」

「讓我燒死還比較像樣……！」

闖入者們大鬧現場。然而，溫德莉莉絲卻嘗到了比地獄更苦的折磨。情況實在太慘，似乎連塞可士王也亂了陣腳。

雖然不曉得是否有趁亂介入的用意——從競技場上空，傳來拍動翅膀般「撲刺刺」的聲音。這次又是什麼？在場眾人仰頭一看就發現——

〒102-8584

東京都　千代田區富士見　1-8-19

電擊文庫編輯部

「拔刀相助人員」

「是那隻玩意兒！」

——沒有雙翼卻發出鼓翅聲在飛的本作吉祥物，飛降於競技場。

而且，有三名男子從「都」與「千」之間的空隙縱身跳下。

「哎呀，真是段舒適的空中旅程。」

「咱倒是訝異這傢伙居然會飛……」

「啊，小生扭到腳了！好痛！然後你們找我來是要幹嘛，還不快說明！」

調調一如往常，還來得挺晚——身兼賢勇者與人師的艾達飛基。

再加上他的童年之交，尤金和耀瑟勒快瑟勒。

「老、老師……你怎麼會來這裡……？」

「看妳好像玩得正開心呢，沙優娜。不——該稱呼妳溫德莉莉絲公主才對嗎？總之，抱歉我來晚了。因為耀瑟勒快瑟勒遲遲不肯離開房間。」

「因為你們接下來應該會打一場亂七八糟的戰鬥對吧！小生真的承擔不起那種事啦！光是看到血就會讓小生貧血！光看就怕！」

「阿耀，你當自己是跑來聯誼又愛裝柔弱的女大學生嗎？」

「……老師，原來你曉得我的名字嗎？」

「是啊。哎，差不多在第一話跟第二話之間吧。尤金去做過調查。」

「別把時期講得好像很具體卻又模模糊糊啦！……呃～咱也覺得自己多事，但是阿基對妳的來歷實在太不關心，咱就擅自查清楚了。話雖如此，得知妳的身分以後，這傢伙還是沒有多大的反應……即使咱不說，感覺這傢伙也隱約發現妳的身分了。大概啦。」

「既然我要教導妳，無論妳是誰都沒有關係。哎，在大人物面前，妳都會躲到我後頭，倒是有種莫名的喜感。妳是怕自己的身分曝光對吧？」

「……都逃不過老師的法眼呢。」

沙優娜——溫德莉莉絲身分高貴這一點，在相處過程中便能窺見。然而，艾達飛基完全不在乎。從尤金口中得知她的底細以後，艾達飛基待她的方式也絲毫未改。因此他那些無禮發言以及性騷擾舉動等，都是理解對方貴為公主還做出的行為……哎，應該無所謂吧。

艾達飛基對「逃不過法眼」這句話搖起頭。

「我一點也沒有想到，妳會以這種形式離開我身邊喔。在這層意義上，我等於完全沒有看懂妳。身為師父，我有失資格。」

「才沒有……那種事。我一直都在欺騙你。起初，我明明只想著復仇。我明明只是為此，才會向你學習。可是，你卻毫不懷疑，始終都願意教導我。所以說，老師……真的對不『大便出來嘍！』」

「這個大叔有啥毛病啊！」

尤金跟突然發作的會長互不相識，不由得叫了出來。猛然一看，會長全身都起了蕁麻疹。嚴肅過頭的氣氛似乎讓他犯了病。

「高潮戲怎能沒『高潮』！」

而且，他還打算硬開黃腔來收拾局面。變態的泳裝彷彿受到了引導，「啪」的一聲發出響聲。有人高潮了。

「對不起喔，會長。這回要嚴肅的不是別人，正是我。」

「真是的！大叔我要生氣嘍！在這種五流搞笑小說裡，還一直逼大家看又臭又長的嚴肅戲碼，比撞見父母在床上辦事還要讓人心靈受創！」

「尤金先生，能不能請你砍了那傢伙的頭？」

「妳跟阿耀是不是把咱當成殺人機器還什麼來著？」

「不過，為什麼會長會全裸呢？」

沒有人想觸及的環節，被艾達飛基單刀直入地提起。難不成脫光還需要理由？感覺依會長的性子會這樣回嘴，他卻燦爛一笑豎起了拇指。

「好問題，特別顧問！呃，其實那一天，你不是替大叔我施了透明魔法嗎？後來，我當然有請你解除掉……可是不知道怎麼回事，透明能力好像就被大叔我承襲下來了。只能說簡直棒呆啦！」

「這個大叔當自己是迪亞哥．布蘭度嗎！」

「原來如此……而我，則成了傳功給他的費迪南特博士。」

「是啊。順便告訴你們，昨天大叔我一直都在跟蹤這小妞。妳進了那個國王的房間後，突然有聲音冒出來對吧？」

「難道說……」

「那是大叔我不小心發出的聲音★」

「我受夠了！跟那個臭嬰兒比，我更想宰掉這個人！」

換句話說，溫德莉莉絲會暗殺失敗，其實要歸咎於當時也在場的會長。已經將透明化魔法運用自如的會長，除了與艾達飛基同級別的施術者以外，似乎完全沒有人看得見他，因此憑溫德莉莉絲的實力完全無法察覺。

不過，會長為什麼要跟蹤她呢？仍被綁在鐵柱上的溫德莉莉絲已經氣得抓狂了，尤金便代為發問。

「因為復仇並不好啊！小妞身上一直都圍繞著臭烘烘的嚴肅氣息，所以大叔我才想給她一記當頭棒喝！」

「咱覺得這理由意外地正派耶……」

「不，那傢伙可是被親生女兒恨透的大人渣！」

「有嚴肅劇情的地方就有會長——溫德莉莉絲公主，妳最好要記得這一點喔。」

「——不好意思，在諸君相談甚歡的時候打斷，吾可以插嘴了吧？」

之前始終保持「旁觀」立場的塞可士王，總算有動作了。原本這名男人的目的，就是要招攬艾達飛基。至於處決溫德莉莉絲，不過是餘興節目而已。

面對一臉傲然坐在寶座上的國王，艾達飛基哈哈地笑了笑。

「對不起喔，把國王晾在旁邊。呃～原本是要談什麼事來著？」

「艾達！你也要多理余一點！」

「賢勇者大人，關於這名乳房豐滿又生著角的姑娘，荷某願聞其詳。」

「要嚴肅超過三行的話，大叔我就會毫不留情地脫糞，麻煩大家銘記在心！」

「欸，小生可以回家了嗎？這種場面用不著叫小生來吧？」

〒102-8584
東京都　千代田區富士見　1-8-19
電擊文庫編輯部
「閒得發慌人員」

「——賢勇者，吾要說一句，交友務慎。」

「阿基，他講得有道理耶！」

（我倒覺得你這包尿布的也要算在同一掛……）

塞可士王朝著這群怎麼看全都有病的人靜靜說道。假如被問到旅客中是否有正常人在，這些異常分子全都會立刻舉手。

不過，塞可士王的真正用意，似乎並非單純要提出諫言——

「啊，我想起來了。關於國王要求我效勞這件事嘛，當然是要鄭重謝絕嘍。」

「——別說察臼．奇程國，連歷史上都前所未見，隻身一人就敢反叛作亂的騎士中之騎士荷馬傑克；吾早有聽聞魔王留下遺孤的傳言，而這女孩便是自稱魔王女兒的現任魔王赫夜；擁有眾多信徒，另一方也被許多國家認定為邪教的危險思想團體『專門闢除嚴肅劇情會』的會長；據說目前因染指女童而下獄，以往卻曾與勇者杜瑞深一同旅行，人稱『絕火無雙』且名滿天下的最強劍士侯聿——所生的兒子；謎樣生物；戴眼鏡的瘦皮猴。賢勇者，真虧君能將這群人湊到一起。**當中有何用意**？」

「我並沒有什麼用意喔。倒不如說，您的見識還真廣闊。」

「在吾看來可非如此。難不成，君以**調停者自居**？」

擁有強大力量的人，都在替賢勇者幫腔並提供助力。若是放任不管，這些人本來就具備足以達成「某種偉業」的能力。強得足以將國家鬧到天翻地覆的騎士；難保不會以黑暗籠罩全世界的魔王；可用邪惡一詞道盡其本質的黨會會長；擅於吐槽的行商者。而賢勇者形同在無心間操控著這班人，還將其納為己用不是嗎？塞可士王似乎就是抓著這一點，才會說艾達飛基以調停者自居。

受到指謫的賢勇者，一如往常地笑了笑——

「——哎，說起來，或許也可以那麼解讀。」

他給出既可視為承認，亦可視為否認的答覆。

「不，咱敢說絕對沒那回事。阿基，你少跟國王亂講。哪天你要是有膽宣稱把咱控制住了，咱保證會把你的臉揍到跟馬鈴薯一樣坑坑巴巴，讓人分都分不出來。」

另一方面，尤金卻敲響拳頭予以否認。

「假使我以調停者自居，那就更不能在大國雷歐斯泰普出仕效力。因為您的國家危機四伏。其險惡程度，甚至到了讓我考慮介入的地步。」

「這便是君的答覆嗎？」

「是的。我從一開始就回絕了。跟你一起回家的話，事情傳出去可就難為情了……」

「哪來的藤崎詩織啊。」

「——這樣啊。那就罷了。既然不肯為吾效勞，君已是飛舞於眼前的蒼蠅。礙耳的飛蠅，就該趁早驅除。」

塞可士王彈響手指，先前保持靜觀的四名男子紛紛上前。猛一看，他們四個都是中等體格及中等身高的黑髮少年，而且臉孔都長得很像。

「『四轉聖』——他們是來自拿洛村，聽命於吾的心腹。」

「原來如此……所以每張臉才會長得那麼像。簡直跟近年來的輕小說主角一樣。」

「別比喻得那麼直白啦。」

「這幾位感覺都會坐在寶座上讓女主角圍著服侍。他們很強喔，尤金先生。」

「別講得像是近年來的輕小說封面！說不定他們只是想拍紀念照啊！」

「我才想問什麼人會那樣拍照耶……」

連溫德莉莉絲都忍不住吐槽了。

有副娃娃臉又讓人覺得適合穿女裝的四轉聖，都帶著自信表情朝這邊接近。在他們的字典裡，感覺不會有敗北兩字；八成只有開掛或無雙之類的字眼。

因此，艾達飛基討厭異世界轉生者的性子開始發作了。

「該不該把這些人轟走，然後脫掉他們的褲子呢？」

「咱搞不懂你的目的耶……話說，你趕快去救那丫頭……不對，趕快去救莉莉公主，然後跟國王把事情談妥啦。幸好對方是四個人，而咱們這邊也有四個人。咱替你頂著。」

「喂，別把小生算進去。」
「沒人把你算進去啦，瘦皮猴。」
「賢勇者大人，能拯救沙優娜小姐的人，到底非您莫屬。既然如此，荷某也會認真點應……戰～！就是那邊！」
「阿基，你交朋友真的要選啦……」
「荷馬兄……讓你費心了，感激不盡。」
儘管荷馬傑克身體頻頻抽搐，他仍朝著四轉聖之一撲過去。
「唔嗯。什麼都別說了，艾達。剩下的包在余身上。」
「…………」
「講、講點話嘛！」
「妳對自己的上一句發言要負起責任啦。」
「開開玩笑而已，赫夜小姐。請妳帶著非死不休的心去對付他們。」
哪有這樣送伙伴出戰的啊——尤金心想。然而赫夜露出滿面笑容，就近挑了一名四轉聖衝向前去。
「唉，尤金……異世界轉生者對上魔王，相當於用十萬伏特對付水系與飛行系寶可夢，因此之後要請你多支援了。赫夜小姐有危險。」

「換句話說，你就是叫那隻暴鯉龍去跟他們廝殺到送頭為止嗎……」

「欸欸欸，可以讓我幹掉那些傢伙嗎～？」

會長秀了樣版化的瘋狂形象來對抗樣版化的敵手，還從嘴裡流出口水等艾達飛基下指示。由於他平時的言行就接近瘋狂，因此秀起來毫不遜色。

「會長，有勞你先用盡心思折磨羞辱人，再把他們打垮。」

「交給大叔我吧，特別顧問。」

「你別突然演回自己的角色啦。」

「好啦，就讓這些囉囉嗦嗦地搞轉生、開外掛、練技能的小子，好好體會一下早年光著身子靠拳頭打出名堂的老派主角有多可怕吧……！」

「年代再古早也不會有你當主角的分啦……」

會長一邊蹦蹦跳跳，一邊向四轉聖發動攻勢。騎士與魔王就罷了，連邪教會長的戰鬥力都能與之比肩，仔細想想實在莫名其妙。

「那麼，祝你武運昌隆，尤金。」

「話是這麼說啦，咱是做生意的耶，感覺要對付轉生者會很吃力。所以嘍，你有沒有什麼武器？」

「沒有喔。」

「為什麼沒有？」

「何苦問我為什麼呢，我擅長用魔法啊。反而是我想問你，怎麼會沒帶武器？」

「呃，都說過咱是生意人了吧。出外旅行就罷了，誰在王都會把武器帶在身上啊！」

由於準備的時間不多，哥倆要召集赫夜、耀瑟勒快瑟勒和那隻玩意兒就夠忙的了，抽不出空來張羅武器。尤金即使徒手也跟猩猩一樣強，但他本來就有當劍士的天分，因此能拿個武器在手上的話自然是最好——

「真拿你沒辦法耶。不然請你用這個吧。」

艾達飛基把「文」遞給了尤金。這是什麼玩意兒？尤金偏頭表示不解。「文」摸起來既溫暖又柔軟，還有點溼溼的。

〒102-8584
東京都　千代田區富士見　1-8-19
電擊　庫編輯部
「把字還回來人員」

「慢著，你拿給咱的這個不是它身上的一部分嗎！你拔起來的嗎！」

「我借了一個字來用。再說，你不覺得倒過來看滿像武器的嗎？『文』這個字。」

尤金把「文」抓到手裡，並且無視於想把字討回去的那隻玩意兒，就這麼拔腿衝了出去。此外，「文」的尺寸可自由變更，還會視情況伸縮喔！

同伴們各自與敵人展開戰鬥，獨自留下的艾達飛基則是朝寶座走去。

「——費解。這何止是違逆吾，更是與吾的國家直接作對的行為。即使撐過了眼前這一關，諸君也只會淪為人盡皆知的叛國者才對。」

「到時候的事，就到時候再說嘍。當然了，我的弟子對您所做的無禮之舉，我仍會由衷致上歉意。就算這樣，我並沒有要為您效勞，也無法接受她忽然被獲判死罪，因此雙方才會像這樣對立。」

艾達飛基彈響手指。於是，綁著溫德莉莉絲的繩子滑溜地鬆開，而她從鐵柱上翩然降落。溫德莉莉絲緩緩地落腳在艾達飛基身邊，速度猶如羽毛飄落般。

「老……老師。」

「根本來說，當您派出所謂的四轉聖時，我們就已經沒有相爭以外的路可走了。因為如此，接下來輪到我與您交手了。」

「實在敢言。吾可不好對付——至少在廝殺的領域，非君能及。」

起身的塞可士王拔出劍。一直以來都極力避免戰鬥的艾達飛基，終於要認真出手了嗎？

溫德莉莉絲為之瞠目——艾達飛基則是輕輕地拍了拍她的肩。

「那麼，之後就拜託妳嘍。」

「…………什麼？」

「我接下來要花點時間詠唱禁咒，在那之前得請妳應付他。」

「咦……咦咦咦咦咦咦咦！老師講了那麼多刺激他的話，還要退到後頭嗎！」

何止期待落空，對溫德莉莉絲來說簡直是天降危機。

她確切明白塞可士王的實力。那實在不是她能贏過的對手。但是，艾達飛基彷彿不管那些，甚至還後退了幾步。另一方面，塞可士王正闊步朝他們接近。這下不妙了。

「落、落坑術～！」

——因此，溫德莉莉絲急中生智，用坑困住了國王。她偶然想起師父以前曾經用陷阱對付氣到失控的尤金。不過，憑她的能力無法挖出那麼深的坑，國王大概不一會兒就能脫困。

「妳做得漂亮呢。」

「我盡力了，所以能不能請老師也趕快詠唱那所謂的禁咒……！」

「我明白。那麼——」

魔力於彈指間形成洪流，觸及溫德莉莉絲的臉。說來說去，她仍打從心裡尊敬這個男人。其尊敬之深，甚至到了與國家為敵，也會猜想師父將輕易獲勝的地步。

不知道賢勇者是否了解徒弟對其的敬意，他緩緩閉上眼睛，將字句編織成串——

「——文庫不僅於我國，在世界書籍的潮流中，更是一路建立了其『小小巨人』的地位。正因為始終以廉價而容易取得的形式提供至今，人們才會奉文庫為師，或者當成青春的回憶，將之口耳相傳『STOOOOOOOOOOP——！』妳怎麼忽然打斷了呢？我正詠唱到精彩之處呢。」

「欸，這不叫禁咒，而是登載於電擊文庫卷末的創刊之詞吧！」

「真虧妳見多識廣。正是如此。」

「那屬於神的領域，應該不是飛沫般的新進垃圾作家可以拿來作文章的啦！」

「換句話說，我們正在挑戰神……？」

「老師你會死在天譴之下啦！總之請不要再詠唱禁咒了！」

「身為讀者的你也一樣，不可以趁現在偷翻到卷末確認喔。因為這是禁咒，很危險的。啊，閱讀電子版的讀者在卷末就沒有那段話了，所以我強烈推薦購買書籍版★」

THAT WAS THE ORIGIN OF ALL TRAGEDY.

「神經粗到可比世界樹(Yggdrasill)！」

「話雖如此，既然溫德莉莉絲公主表示出排斥的反應，就別詠唱這套禁咒吧。因為我不想看妳難過。」

「老師……」

「所以我會換一套禁咒。」

「混帳東西！」

溫德莉莉絲從肚子裡用全力吼了出來。然而，艾達飛基已在編織禁咒。

「——第二次世界大戰的敗北，既為軍事力的敗北『吼喔喔喔喔喔喔喔喔喔喔喔喔喔喔喔喔喔喔喔喔喔喔老師你夠了啦啊啊啊啊啊啊啊啊啊啊啊！』妳又有意見啊？怎麼了嗎？」

「這段！是角川Sneaker文庫的版本！」

「真虧妳曉得耶。簡直可稱創刊之詞博士呢。」

「不用頒莫名其妙的博士稱號給我……這部小說來到末尾就格外想找死耶。」

「話說回來……『寫於角川文庫創刊之際』的開頭實在是莊重有派頭。這樣我們電擊文庫也不能輸給他們吧？」

「老師在跟哪裡打對臺啊！不可以介入神的領域啦！」

溫德莉莉絲打從心裡體認到，禁咒為何會是禁咒了。正因為不可詠唱才叫禁咒吧。而她對於二度犯忌的這個男人，著實是怕了。

「可是，不能用禁咒的話，我就無計可施了。這麼一來，之後又將變成妳的戰鬥。」

「……老師的意思是──」

「我呢，並不會否定復仇這項行為。柚芷小姐與妳，是抱著什麼樣的心情想完成復仇，我實在難以理解。所以，我不會責怪妳。」

「可是……向老師學到的東西，我都只有用來殺某個人而已。不，我根本從一開始，就這麼打算了。像我這樣──不是太差勁了嗎？」

「就算妳說自己是為了復仇才想拜師，我也會收妳為徒喔。力量這種玩意兒，大多是依使用的人來決定善惡。武器能殺人，那麼所有的武器都代表邪惡嗎？會有這種想法的人僅在少數。」

「…………」

艾達飛基一改之前的態度，神情嚴肅地如此開導徒弟。雖然他是個時時都我行我素，在任何狀況下似乎都能胡鬧的男人，但那不過是他身為賢勇者顯露於表面的特質罷了。

實際上，他用的心思之多，溫德莉莉絲根本望塵莫及。賢勇者似乎有他絕不受動搖的核心理念——而現在，溫德莉莉絲正要觸及那一點。

「打從最初我便認為，選擇的自由在於妳。活著，就等於不停做出選擇。從我這裡學到的東西，是否要活用於復仇，要或不要，本來就是妳的自由。不論是其他人還是我，追求自由快意便是活著的真理。我至少會想活得自由快意，所以我愛做什麼就做什麼。如此的我，並不應該從妳身上剝奪選擇的自由。」

那就是賢勇者艾達飛基內心對於所有行為抱持的理念。倘若如此，他的想法固然是過於自私自利，然而自由與責任相隨。假如不能與責任相互妥協，這種為人之道根本沒辦法成立。而為師的就連這套為人之道，也不打算強加在徒弟身上。

這名男子雖是溫德莉莉絲的師父，卻不是她的監護者。縱使她完成復仇、殺害了某個人，他肯定也不會有任何責備。只不過，假如這名男子心裡不能容許，到時他就會若無其事地擋在眼前才對——為了彼此的自由。

「所以說，請妳自己思考，自己擔負責任。假如妳辦不到或覺得排斥，就應該依靠其他人。我是照我的想法在行動。**因此我把他帶到了這裡。**」

艾達飛基目光一轉，看向了既沒有事情可做又不想捱揍，自始至終都堅守著空氣般定位的耀瑟勒快瑟勒。

溫德莉莉絲「咕嘟」一聲吞下口水。她偶爾會覺得，師父該不會具有洞見未來的能力吧？儘管為師的大概會否認絕無此事；但有的時候就是只能這麼想。

「……我會自己動手。復仇，我要親手來完成。」

「我明白了。那我就先在這裡觀摩嘍。」

「老師。」

「什麼事？」

「能當你的徒弟——我覺得很幸福。」

（原來妳這麼喜歡被虐待啊。）

如果沒有這種喜歡被虐待的性子，以往她應該也撐不住吧。

艾達飛基是這麼想的。雙方之間有著天大的落差。

「小雞雞小雞雞甩東又甩西！」

「啊，妳再不快點，會長的耐性就要耗盡嘍。」

「定時炸彈嗎！話說那個人，不是在跟四轉聖還什麼名堂的敵人在戰鬥……？」

「那種貨色大叔我一拳就擺平了耶？」

「這傢伙的戰鬥力到底是怎麼搞的啦！」

當其他三人還在纏鬥時，只有會長頭一個跑回來。儘管全身是血，卻無任何外傷。看來他只是被敵人的血濺到而已。面對嚴肅過頭的劇情發展，會長大概是累積了相當的憤懣，連胯下的小會長都血脈賁張。

溫德莉莉絲一面覺得大事不好，一面趕到了總算從坑裡爬出來的塞可士王面前。接著，她好似鄙視至極的俯望那個男人。

「……趁吾跌得渾身土，就來居高臨下嗎?低賤之人——妳罪當萬死。」

「請隨意。還有，我要謝謝你。」

「妳瘋了嗎？」

「反了喔。瘋的是你，不過那對我來說成了最佳的機會。」

溫德莉莉絲一邊這麼說，一邊召喚出小小的瓶子。瓶裡裝滿透明液體，她立刻掀開蓋子，把那種液體淋到了國王身上。

「這是————！」

「它叫『想看裸體液』，名稱毫無品味可言的道具。」

「溫德莉莉絲公主，我會生氣喔。」

原來老師禁不起批評的是那部分啊……溫德莉莉絲背脊發涼，不過她還是予以無視並且用液體繼續淋。塞可士王的衣物發出滋滋聲響，逐漸融化。然而，對方不可能就這樣一直吃悶虧。

爬起身的王把劍高舉，準備將她劈成兩半。

「小妞！」

然而，會長卻闖進其中，挺身保護溫德莉莉絲。從肩頭砍下的這一劍乾脆俐落，鮮血從會長的身軀噴出。

「讓開，你這邪教之主！」

任誰看了都會認為是致命的一擊才對。國王用單手將瀕死的會長推開。

「大叔之拳！」

但是，佯裝站不穩的會長卻邁步助跑，使出渾身解數同時用雙腳對國王來了一計飛踢。

「嘎啊！」

順帶一提，無論怎麼出招，這個狂人大多都稱之為拳。

「妳沒事吧，小妞？」

「……反倒是你怎麼還照樣活蹦亂跳的啊。雖然讓你救了一命。」

「哈哈哈，只要對手有任何一絲嚴肅，使出的攻擊就對大叔我的體質全然無效。」

「那不就幾乎無敵了嗎！」

「而且我跟會長都具有名為『換行治療(Enter heal)』的特殊能力，不管受了什麼樣的傷勢，大多能在下一行恢復原狀。」

「妳不覺得這種特殊能力跟八流搞笑小說的角色正好相配嗎？」

「老師的特異痊癒力之謎解開了……你們兩位根本純屬怪物嘛。」

溫德莉莉絲完全想不到要怎麼打倒這兩個人。雖然她沒有要打倒他們就是了。

突然吃上一記飛踢，使得塞可士王卻步了。而且，他身上的衣物大多已經融解。這就表示，準備意外就緒了。少女緩緩地跟他拉近距離。

「……你曾經對我說過吧。**凡事都要注重切換**。」

「唔……！妳想怎樣……！」

「耀瑟勒快瑟勒先生！」

「娘們，找小生有什麼事？目前我正忙著跟氮化為一體。」

「我想請問，你有沒有帶著睪丸？」

「啥！妳都不懂羞恥的嗎！小生把**四顆**全帶著啦！」

說完，耀瑟勒快瑟勒就從懷裡拿出白色與黑色的「致幻轉碼儀」——師父所稱的睪丸。

溫德莉莉絲帶著賊笑，揚起了嘴角。

「接下來，請你用那個拍攝我。麻煩別忘了要保存紀錄。」

「……喂。結果小生連一部『榮武威』都還沒有拍到耶。然而，妳卻叫我在這裡拍尊貴榮耀的第一部片嗎？」

「是的。不過我認為會拍到很有趣的畫面喔。至於色不色，我就不確定了。」

「嘖！齊萊夫，要是拍成無聊的影片，責任便由你擔下。」

「這倒無妨。感覺滿令人雀躍的呢。畢竟國王身上也露出了好玩的東西。」

衣物融化，有東西就露了出來——證明塞可士王是個國王貝比的尊貴**尿布**。睿智的國王應該立刻便想通自己會受到什麼樣的對待了。他用雙手按住尿布的襞褶。然而溫德莉莉絲有一種魔法，可以在**這種時候派上用場**。

「有一招『順風扯旗啪啪啪魔法』，不知你是否曉得？哎，無論曉不曉得，我現在都會施展給你看。就算用手按著，也是沒用的。」

——啪！

「住、住手，低賤之人——」

「**切換**的時間到了喔。」

「嗚呱啊啊啊啊啊啊啊啊啊啊啊啊啊啊啊啊啊啊！嗚呱啊啊啊啊啊啊啊啊啊啊啊啊啊啊啊啊啊啊啊啊啊啊啊啊啊啊啊！」

國王貝比，轟動現世。

「噢～乖喔、乖喔。居然在大庭廣眾下變成嬰兒，真了不起耶～」

而且，那成了宣告一切結束的咆哮。

溫德莉莉絲哄起變成大嬰兒的塞可士王。那地獄般的光景，都被士兵們清清楚楚看在眼裡，同時還有耀瑟勒快瑟勒留影存證。

「欸，這是裝嬰兒的玩法！小生要拍的不是這種片子！」

「但你還是繼續在拍耶。」

「——沒有男人會討厭裝嬰兒。這亦為小生的見解。」

「你鬼扯什麼見解啊……痛死啦！」

「噢，尤金。原來你平安無事啊。」

臉上受了點擦傷的尤金拎著「文」回到隊伍。「文」上頭沾了黏答答的血跡。

「總之咱幹掉了兩個。抱歉回來晚了。」

看來赫夜如預料地被解決了，尤金就代她加把勁。這個男人似乎沒有置對手於死地，但是實際上跟猩猩一樣威猛的他能手下留情到什麼地步，就不好說了。

「賢勇者大人，萬事皆已順利了結。」

「荷馬兄！啊啊，『救水』破了洞……！」

「哈哈，無須掛心。這不過是榮譽負傷。」

「不，下次我會準備新的二手貨相贈。」

「既然如此，請務必幫荷某準備沙優娜小姐穿過的二手貨。」

「你們倆的對話，咱怎麼聽怎麼危險耶……」

這樣一來就表示四轉聖都被打倒了。基本上，敵方的首腦塞可士王已經退化成乳幼兒轟動全場，即使沒有全部擺平，我方的勝利應該也無可動搖。

〒102-8584
東京都　千代田區富士見　1-8-19
電擊　庫編輯部
「器材回繳窗口人員」

「哎呀，差點忘了。尤金，能不能請你把『文』歸還？」

「用不著你說咱也會還。不過沒想到用起來還挺順手的耶。應該有銷路吧？」

「喔～這表示本作終於有推出周邊精品的徵兆了。」

「阿基，就算推出精品，誰會單買『文』這個字啊……頂多只有學校相關人員吧？」

艾達飛基收下沾滿血的「文」，並且裝回那隻玩意兒身上。

〒102-8584
東京都　千代田區富士見　1-8-19
電文擊庫編輯部
「醫療事故處理人員」

「你要裝回原位啦！」
「是我手滑了。反正它應該可以自己歸位，先放著就好。」
「話說這傢伙每次開口都要用掉八行，溝通起來還有點活靈活現……咱認真問一句，它到底是什麼……？」
「吉祥物啊。那麼，事情大致收尾了呢。」
現場仍留有許多士兵，卻沒有半個有膽色的人物，敢來挑戰具備壓倒性戰力的賢勇者等人。唯有小貝比哇哇大哭的聲音，以及復仇者靠出色演技安撫他的聲音，迴蕩於現場。

「奶，摸奶奶！」

「本店謝絕觸摸～」

溫德莉莉絲結實地甩了國王貝比一巴掌，並且靜靜告訴他。反正妳本來就沒有奶可以餵吧？艾達飛基和尤金都這樣想，卻識相地沒有把話說出口。

「……塞可士王的這一面，真夠讓咱意外耶。」

「任何人在心裡，都懷有莫大的黑暗面。假如他並不是要招攬我，而是有關於這種性癖好的委託，也許我們之間仍有不同的未來——」

「喔～老娘看妳還挺上手的嘛。」

有個褐膚女僕一邊發出感佩之語，一邊站到了溫德莉莉絲和國王身旁。

「妳是……那天晚上的……」

「老娘之前就覺得妳有資質，該怎麼說呢，妳連長相都跟『大師』長得好像。」

「大師？妳說的是什麼人？」

「那是比老娘等人更會哄這個國王貝比，技術實在強到不行，據說已經成為『傳奇』的一名人物。老娘在照片上看過，**妳跟那個人長得很像**。」

「妳是說——」

「不過，據說『大師』為了精益求精，就拋下這個國王貝比，不知道跑到哪裡去了。詳情也沒人清楚。哎，她應該過得不錯吧？」

進一步追問後，這位女僕表示她也不曉得大師叫什麼名字。

溫德莉莉絲並沒有把握。但是，那對她來說成了一線希望。

「——感謝妳，女僕小姐。」

「嗯？雖然不曉得妳在謝什麼，別客氣啦。來吧，老娘幫妳接手。妳也差不多該回家去了。仇，已經報了吧？」

「說得……也對。耀瑟勒快瑟勒先生，有沒有拍到好畫面？」

「還算不錯。小生有什麼就拍什麼罷了。」

「謝謝你。那麼——」

這裡已經沒有她的事了。正確來說，是自己不需要再待在這裡了。

溫德莉莉絲打算施展空間移轉魔法。她的能耐，頂多只能從遠方將大小可以拿在手裡的東西召喚過來。別說召喚人類，連要將自己傳送到別的地方，她都沒有試過。若是用半吊子的實力進行傳送，會有陷入險境的狀況發生。去了陌生土地倒還算好，假如在海中或土裡現身，等待著自己的就只有死路一條。

因此，或許這是她自己想到的了斷方式。

「——好啦，那我們回去吧。回我們的家。」

然而，身為師父的這個男人卻輕輕把手擺在徒弟頭上，消去了她的魔法。

「咱看妳一臉就是在打無聊的主意，假如妳想默默地直接消失，那才叫自私。要搞失蹤隨便妳，但是先跟阿基把話交代完再走。」

「可是……」

「現在不用跟我多說什麼。畢竟最後要做抉擇的人，終究是妳自己。」

〒102-8584

東京都　千代田區富士見　1-8-19

電文擊庫編輯部

「想儘速就醫所以快點坐上來人員」

「感覺它果然沒辦法自己讓字歸位啦……」

溫德莉莉絲等人硬是讓受傷的那隻玩意兒載著他們，從競技場飛走了。

諸如魔王、變態及會長都被擱了下來，不過他們應該能自己搞定吧。

艾達飛基原本想扔出懷裡僅剩的最後一枚「無效券」，卻就此作罷了——

《最終話　終》

尾聲

Great Quest For The Brave-Genius Sikorski Zeelife

唉，該怎麼說呢，後來發生了許多事。

最後的尾聲，就讓咱用朋友的觀點，來替那對笨師徒的故事收尾。

如果要問為什麼，咱也答不上來。畢竟咱最常跟他們倆糾纏在一起，卻又不太清楚那對師徒的狀況，歸根究柢，或許咱只是想找個人聊聊自己也似懂非懂的部分而已。

「萊、萊、萊恩多～！下流的觸手把魔手伸向小生了！」

目前，咱正跟準備回歸社會的阿耀，一塊走在「慾望樹海」。雖然不知道把這傢伙的能力代換成數值究竟有無意義，但是跟相當於等級1的阿耀來到樹海，咱的負擔自然會增加。

唉，這也沒辦法。畢竟是咱自己要帶著他到處晃。

「區區觸手沒什麼好慌的啦。森林裡有觸手是當然的吧。」

「挺偏門的情色奇幻背景才有那種觀念吧！一般是不會有的啦！」

「再嘰嘰歪歪，咱就不救你嘍。」

「呀啊啊啊啊啊啊啊！對不起噫噫噫噫噫噫！」

咱一個人幾小時就能穿過樹海，但是跟這傢伙一塊的話，八成花上幾天都未必能穿過。最糟的情況下，把他弄昏當成行李抬，步調應該會變快吧。

不過——阿耀在街上會因為對人恐懼症嚷嚷，在森林又會對魔物或動物嚷嚷。這世上是不是除了自家房間以外，沒有這傢伙可以生存的地方啊？

「一陣子沒碰面了，希望他們過得好。」

「應該先擔心眼前的小生好不好才對吧！你看，這裡都擦傷了！」

「起碼等少了一條胳臂再跟咱嚷嚷。」

「那樣在嚷嚷前就要出人命了啦！」

抵達那裡之前，咱決定先談談後來幾件事情的始末。

首先，關於塞可士王，他並沒有挾怨報復或做出以此為準的行為。雖然說這得加一條但書——至少現況是這樣。至於雷歐斯泰普王國本身，這陣子勢頭似乎沒那麼猛了。不過另一方面，聽說塞可士王自己過得倒是挺充實的。

或許是因為上次的風波讓他放飛自我了……至於細節咱就不知道了。

再講到穿異界泳裝的糟糕大叔，他目前仍在這世上流浪。當個行商者走遍各地，就算不想聽也會耳聞有關那個大叔的傳言。他好像在從事助人之舉，卻因為穿著打扮的關係，被當成新種魔物或妖怪，有的國家還視為神佛。旅行者之間似乎暗傳一種說法，認為那種「啪」

的聲音，是可以保證自己安全的神祕異響。不過咱覺得那比蜂類的鼓翅聲還危險。

關於把咱當變態的沒禮貌魔王，其實可知的事情最少。扯來扯去，那女的還是沒有站到檯面上，目前大概也在累積實力吧。有沒有召集到部下，詳情倒是不明……不過咱認為八成沒召集到。

總之，魔王的威脅要重臨世界，看來還久得很。

關於關嚴會那個邪教，咱當然也知情。雖然彼此沒有直接扯上關係，但他們好像依舊到處在惹事生非。遺憾就遺憾在咱不可能揣度是什麼樣的理念，能驅策那些人如此拚命。

順帶一提，關於關嚴會的會長，據說他被謎樣美少女追殺，還被砍了好幾次，可是卻每次都能活過來逃出生天。這些話聽起來莫名其妙，但是咱也完全搞不懂出了啥事。只知道最好別去跟那個會長接觸就對了。

「走吧，給咱加緊腳步。就快到嘍。」

「呼……唔……呼……唔……！」

前方有熟悉的房屋，佇立於草原當中。

在樹海盡頭的草原上，據說有一間供賢勇者隱居的房子。

這條消息透過咱的努力，目前已經傳得滿廣了。畢竟沒有一定的知名度，就算是賢勇者也會落得喝西北風的下場。

因此，咱在旅途上都會找適合當客戶的人，並且偷偷告訴他們這條消息。相對地，咱要委託賢勇者就可以不用付錢。

說來有些彆扭，賢勇者的基本理念，是要拯救救人者。能穿過樹海抵達這裡的人，本就非常稀少，因此來到此處的人必然多屬名聞遐邇的高手。就這層意義上，或許樹海就是用來篩選訪客的。

像上次的風波，到頭來是他們師徒間的事，同時賢勇者也拯救了名義上為亡國公主的救人者——攤開來看就是這樣。咱跟賢勇者的交情長歸長，但是坦白講，咱根本猜不透那傢伙在想啥。或許他什麼都看穿了，也或許只是裝個模樣讓人如此以為，其實全靠臨機應變又能把事情辦妥而已。哎，不管怎樣，咱只把他當成欠扁的傢伙。

「講好到了以後……就讓小生回家……說話要算話喔……」

「行啊。咱會讓你回去啦。用走的就是了。」

「嗚嘔喔喔喔。」

這傢伙居然吐了……難道他以為回程會有人用魔法或其他方式送他到家？想得美。

咱拖著阿耀，總算抵達賢勇者的住處。咱輕敲了門幾下以後，便不等回應就進屋。禮數多少可以省。彼此的交情就是熟成這樣。

進到屋裡，會客室裡就傳來一些聲音。

「您不覺得將東西塞進屁眼……是件很美好的事嗎？」

「…………」

「啊，不用回答在下也能明白。所以呢，談到這次的委託——」

說到這個，關於賢勇者的傳言其實還有一條。

咱沒有對這方面費唇舌，也不知是誰起的頭。說不定，是那傢伙的作風讓傳言成形的。

「——在下想請偉大的賢勇者，幫忙尋找有什麼合適的東西，放進在下的屁眼感覺會恰

啊啊啊啊啊啊啊啊恰好！順帶一提，目前菊花裡塞著剛採的茄子！」

雖然不知道為什麼——來到這間房子的委託者，絕大多數是一般所謂的變態。

而且，如今這塊地方，似乎已經被稱作變態的集聚所。說真的，到底是誰取的稱呼啊？

咱想表示這未免太貼切了。

「萊恩多大爺……小生想喝水……」

「啊～好好好。反正裡頭好像正在討論事情，咱們就自便吧。」

咱找了塊地方把阿耀一扔，然後走向伙房。

……目前這棟房子裡，只住著賢勇者一個人。師徒同住說起來已經是滿久以前的事了。

話雖如此，他們師徒倆的事跡多到數不清，光是翻舊事就可以講到太陽下山吧。

基於職業的性質，咱也會視情況把情報當商品來經手。在這類商品中，咱有弄到昔時英

格爾聖王國的相關情報。應該說，有人拜託咱打聽。

簡單來講呢，咱對那位思念家人又有勇無謀的囂張公主，提起了目前應該仍活在某個地方的「姊姊」——然後，那丫頭就一直線衝出了門。既不算多有內容的情報，也不保證能夠見到面。更重要的是，她騎在光是活著就要占用八行的謎樣生物上當眾啟程的模樣，即使在咱這輩子也算得上相當超現實的畫面。

……就算這樣，那個當徒弟的毫不猶豫，就跟她師父一樣自由奔放地出外闖蕩了。

因此，咱本來認為，公主再也不會回到這個地方——

「——恕我們拒絕這項委託！」

「妳這樣不可以喔。對客人講話不禮貌——」

——看來事情並不是那樣。不知道是那傢伙的家住起來自在，還是另有隱情；至於有沒有跟姊姊見到面，咱就不知道了。

哎，這些個事情，之後直接問她就行了吧。

……對了，因為這樣，咱得更正前面說過的話。

目前這個家裡，一如往常地住著那兩人。

換句話說，咱倆今天來這裡，就是要慶祝那對笨師徒搭檔復合。

「阿耀！咱找不到水，只有這種七彩顏色的液體耶！喝這可以嗎？」

「那不是給人喝的東西吧……住手……」

話是這麼說啦，給阿耀喝下去感覺會有很好玩的反應，就讓他喝喝看吧。

那麼，換來談談咱的見解。有「不知道」的部分，咱就會覺得頗具神祕感。因此，咱講話也常用「不知道」這個詞。

有事情不知道，就表示有思考的空間，當中會發展出無限的想像與可能性。這樣一說，感覺是不是挺不錯的？

然而這終究只不過是咱的見解，聽了肯接受的人並不算多。從聽者的立場來想，應該會感到惱火吧。

所以，最後咱可以說的，只有一件事。

「我們先從蘿蔔一類試起吧。那插入的工作就拜託妳了喔。」

「我才不要！」

此後的故事，會是那對笨師徒在將來遇上的事。

究竟會發生什麼呢？確切的詳情，完全沒有人知道——

《完》

後記

初次見面，我叫有象利路。這次有幸讓您展閱拙著，誠摯感激。感謝各位讀到這裡，若您是由此讀起，還請盡歡。

本作在我算來是第二部作品，而您若是全部讀畢應該就會理解了。本作與前作的風格竟完全相反，我到底是出了什麼問題呢……

根本來講，我從來沒有寫過搞笑類別的小說。於這次正式挑戰的結果，便是因其難度及深奧而頭大不已。笑是變化多端的，是否能觸動心弦將大幅受個人感性所左右。要尋求挑撥笑點的最大公約數還是處處針對，總之我曾再三重複盤算、嘗試及反省。有別於花下的苦心，正篇自始至終都是既開朗又歪頭歪腦的調調，我因而理解這是只有作者內心在哭泣的創作類別。

話雖如此，我創作時吃的苦根本無所謂。只要各位讀了這部作品能笑出來一點點，能讓嘴角上揚，能讓心情愉快的話，我想那正是最令作者欣慰且得償所願的事。

關於正篇的內容，因為我希望避免透露劇情，在此便不多提。不過，我盡可能把哏全塞進了這一本書。以結果而言，完稿的內容似乎是一部無所不用其極的搞笑奇幻作品。沒有人要用的哏、不該用的哏、用了會不成體統的哏，但願各位能著眼於文中刻意逾矩的這些手法……（由於壞處眾多，往後想寫搞笑小說的讀者請不要模仿）

最後要致上謝詞。即使在正篇被拿來當作消遣，也肯帶著苦笑包容的責任編輯阿南先生與土屋先生（我有在反省了）；肯配合男女比例失常的本作，畫出精美角色的かれい老師（抱歉讓您的資歷沾上汙點）；明明完全無關卻被當成哏的甘口醬油老師（對不起）；還有在作品裡不幸遭到消遣的各企業、團體以及個人，我謹藉此處向各位賠罪。（若有怨言請洽電擊文庫編輯部……）

另外，還要感謝撥冗試閱本作的朋友細野、池內、岡本與學弟三人組，更感謝肯奉陪到最後的各位讀者，請容我致上最高的感激與謝意。

本作照例是單集完結的創作，因此後續情節在現階段為一面白紙；不過正如文中也有談及的那樣，我或許會擅自在網路上撰寫短篇。包含這方面的消息都會用推特通知，若不嫌棄還請大家追蹤。（露骨的宣傳）

那麼，衷心感謝您能讀到這裡。若有機會，務請再度賞光。

有象　利路

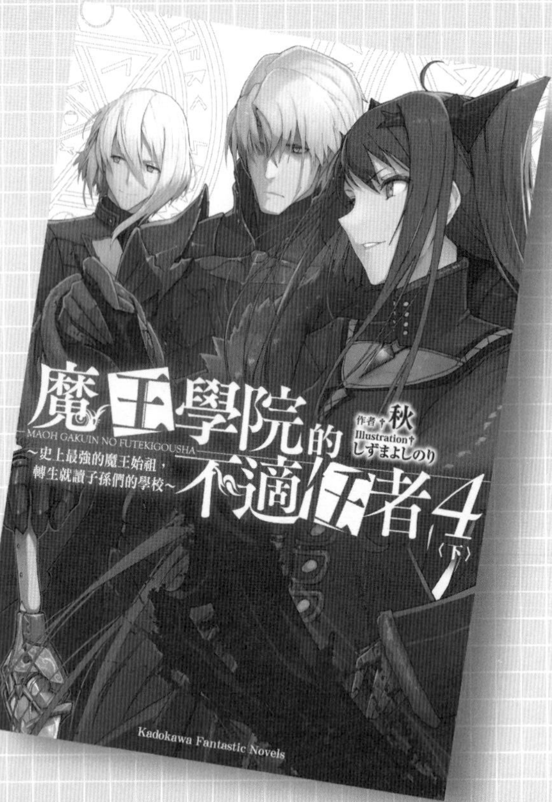

魔王學院的不適任者~史上最強的魔王始祖，轉生就讀子孫們的學校~ 1~4〈下〉待續

Kadokawa Fantastic Novels

作者：秋　插畫：しずまよしのり

一切的不講理、一切的悲劇只有毀滅一途──！
系列最長篇故事，〈大精靈篇〉令人感動的高潮！

虛假的魔王阿伯斯・迪魯黑比亞的真面目乃是自傳承中誕生的大精靈，米莎的另一個面貌。阿諾斯為了知曉其誕生的祕密，施展「時間溯航」來到兩千年前的阿哈魯特海倫。他在那裡目擊到一個家庭的愛與牽絆，因天父神的卑劣計謀遭到無情撕裂的瞬間──

各 **NT$250~260/HK$83~87**

這是妳與我的最後戰場，或是開創世界的聖戰 1~7 待續

Kadokawa Fantastic Novels

作者：細音 啓　插畫：猫鍋蒼

「毀滅帝國乃是本小姐的義務，即便是你也不例外。」
不再是勁敵的妳與我所不願進行的決鬥就此揭開序幕。

涅比利斯皇廳在帝國軍的襲擊下化為一片火海，皇宮各處都爆發了衝突。身在露家別墅的伊思卡一行人也為了守護第三公主希絲蓓爾，與偽裝成帝國軍的休朵拉家展開激戰。而在帝國與皇廳的關係降至冰點的這一夜，伊思卡與愛麗絲在戰場上再次相會。

各 **NT$200~240/HK$67~80**

最強廢渣皇子暗中活躍於帝位之爭

佯裝無能的SS級皇子背地支配王位繼承戰 1~2 待續

Kadokawa Fantastic Novels

作者：タンバ　插畫：夕薙

艾諾陪同弟弟李奧代表國家出使外邦。
船程中遭遇「海龍」，兄弟倆因而互換身分！

艾諾在皇帝的作弄下，被迫與雙胞胎弟弟李奧出使外邦，途中更遭遇「海龍」將他跟李奧拆散，兩人因而互換身分！艾諾扮演李奧，在異國暗中活躍，醒來的「海龍」卻撲向民眾。廢渣皇子將與召喚聖劍的愛爾娜聯手，把外交和「海龍」雙雙搞定！

各 **NT$200~220/HK$67~73**

情色漫畫老師 1~12 待續

Kadokawa Fantastic Novels

作者：伏見つかさ　插畫：かんざきひろ

這次輪到山田妖精當主角！
她要施展「祕策」來迎向自己期望的未來!?

征宗與紗霧成了男女朋友，在他們兩人面前，妖精宣言要施展各式各樣的「祕策」來獲勝！妖精讓紗霧變得更可愛，提升兄妹兩人身為創作者的實力，還引爆不得了的炸彈，使日常生活驟變。就在某一天，妖精的母親前來探望女兒……

各 **NT$180~250/HK$55~75**

魔法科高中的劣等生

司波達也暗殺計畫 1~2 待續

Kadokawa Fantastic Novels

作者：佐島 勤　插畫：石田可奈

讓榛有希關照，使用獨特「閃憶演算」的見習生，究竟是吊車尾魔法師，還是……？

榛有希敗給司波達也，成為黑羽文彌直屬暗殺者後約兩年。四葉家派遣暗殺者見習生少女櫻崎奈穗到有希身邊，同類互斥的兩人展開奇妙的共同生活。此時，決定了新的任務目標，是企圖暗殺司波達也的教團。奈穗為了展現能力，打算獨斷專行，結果是……!?

各 **NT$220/HK$73**

幽冥宮殿的死者之王 1 待續

Kadokawa Fantastic Novels

作者：槻影　插畫：メロントマリ

不死者vs死靈魔術師vs終焉騎士團，
三方勢力展開前所未見的戰鬥！

少年恩德受病痛折磨而喪命，再次甦醒時發現自己因為邪惡死靈魔術師的力量，變成了最低階不死者。他為了贏得真正的自由，決心與死靈魔術師一戰，然而追殺黑暗眷屬直到天涯海角，為誅滅他們不惜賭上性命的終焉騎士團卻又成了他的障礙……！

NT$240/HK$80

廢柴以魔王之姿闖蕩異世界 1~8 待續

Kadokawa Fantastic Novels

作者：藍敦　插畫：桂井よしあき

凱馮一行人踏上新的大陸！
不只遇見新的夥伴，也終於與昔日好友碰面了!?

　凱馮等人稱霸鬥技大賽「七星盃」，還擊敗了七星前導龍。他們才剛抵達下個目的地——薩迪斯大陸，凱馮就被那裡的貴族抓走了！前往救出凱馮的過程中，露耶撞見孩童被黑影襲擊的場面，立刻準備出手救人，可是……

各 **NT$220~260/HK$68~87**

打工吧！魔王大人 1~20 待續

Kadokawa Fantastic Novels

作者：和ヶ原聡司　插畫：029

魔王與勇者展開親子三人的同居生活!?
消息傳到異世界安特・伊蘇拉引起軒然大波！

阿拉斯・拉瑪斯也出現異常。為了拯救女兒，魔王說服了原本頑固拒絕的惠美，前往她位於永福町的家。在目睹了擺在玄關的室內拖鞋、大冰箱和獨立衛浴等遠勝三坪大魔王城的設備以後，魔王大受震撼，親子三人就這樣在惠美家展開同居生活……

各 **NT$200~240／HK$55~75**

國家圖書館出版品預行編目資料

賢勇者艾達飛基.齊萊夫的啟博教覽 ：愛徒沙優娜的心癢癢冒險樂園/有象利路作；umon譯. -- 初版. --
臺北市：臺灣角川股份有限公司, 2021.03-
冊； 公分. -- (Kadokawa fantastic novels)
譯自：賢勇者シコルスキ・ジーライフの大いなる探求 ~愛弟子サヨナのわくわく冒険ランド~
ISBN 978-986-524-292-3(第1冊：平裝)

861.57 110000943

Kadokawa
Fantastic
Novels

賢勇者艾達飛基·齊萊夫的啟博教覽 1
~愛徒沙優娜的心癢癢冒險樂園~

(原著名:賢勇者シコルスキ・ジーライフの大いなる探求~愛弟子サヨナのわくわく冒険ランド~)

2021年3月24日 初版第1刷發行

作　者:有象利路
插　畫:かれい
日版設計:Kai Sugiyama(Kusano Design)
譯　者:umon

發行人:岩崎剛人
總編輯:蔡佩芬
編　輯:彭曉凡
美術設計:莊捷寧
印　務:李明修(主任)、張加恩(主任)、張凱棋

發行所:台灣角川股份有限公司
地　址:105台北市光復北路11巷44號5樓
電　話:(02)2747-2433
傳　真:(02)2747-2558
網　址:http://www.kadokawa.com.tw
劃撥帳戶:台灣角川股份有限公司
劃撥帳號:19487412
法律顧問:有澤法律事務所
製　版:尚騰印刷事業有限公司
ISBN:978-986-524-292-3